後宮の忘却妃 二

—輪廻の華は官女となりて返り咲く—

あかこ

富士見L文庫

目次

序章

頬や髪に柔らかな風が触れる。草木の匂いが鼻腔《びこう》を掠《かす》め、紫釉《しゅ》はゆっくりと瞼《まぶた》を開いた。

其処《そこ》は、常世のように壮大な草原であった。建物は何一つ見当たらず、生命の息吹も聞こえない。在るのは紫釉と、柔らかな風のみである。

夜のような薄暗さはないというのに、遠くには満天の星が見える景観は、現実とは言い難《がた》い。

紫釉は天を見上げながら口を開く。

「………これは、夢か」

頬に触れる風が柔らかいと思うのも錯覚だろう。今の季節に草原へ出れば肌寒さもあるというのに、体感もない。紫釉はすぐに己の夢を受け入れる。

昼夜が共に存在する夢の世界に、紫釉は一人きりだった。

(夢なのであれば……)

自らの願望が叶《かな》えられるのではないか？　と、そんなことを考えていれば。

紫釉の目の前に女性が現れた。

焦茶色の髪を風になびかせ、橙色《だいだいいろ》の瞳が愛《いと》おしそうに紫釉を見つめている。

服装は彼女の好みそのままで、装飾は多くなく質素とさえ思える。だが、その姿こそが彼女のあるがままを表していて、紫釉は愛おしさが増すばかりだ。

紫釉はうっとりと想《おも》い人に近付いた。

「玲秋《れいしゅう》……」

夢の中だというのに、現実と何ら変わりない笑顔を紫釉に向けてきてくれる。

紫釉は正直すぎる己の願望を目の当たりにして、微《かす》かに頬を綻ばせる。自身が望むものなど、玲秋の他に存在しないのだ。

草原で歩を進め、紫釉は玲秋の元に近付いた。目前の玲秋は少しだけ紫釉を見上げている。ようやく玲秋より背が伸びたことは、紫釉にとって大切なことだった。

見つめる先の玲秋に手を伸ばし、頬に触れた。

成る程、確かにここは夢の空間だと、玲秋の様子から改めて理解する。現実の玲秋であれば多少恥ずかしそうに紫釉の手を受け入れるだろう。

誰も居ない草原に広がる夢の世界。在るのは玲秋と紫釉の姿だけ。

ふと、空が眩《まぶ》しくなる。先ほどまで星が輝いていた空は晴れ、雲の中から光が漏れ出てきた。

光は玲秋と紫釉を照らす。思わず目を細めた。

目が光に慣れた頃、ゆっくりと目を開いた紫釉は愕然《がくぜん》とした。

玲秋が倒れていた。

「玲秋！」

恐怖が紫釉を襲う。

これが夢だと分かっていても、紫釉には耐えがたい光景だった。

慌てて膝を曲げ玲秋を抱き上げる。先ほどまで微笑《ほほえ》んでいたはずの玲秋の唇からは赤い筋がつうと垂れており、顔色も土気色で、とてもではないが無事とはいえない様子であった。

「玲秋……っ」

声が震える。玲秋を抱き締める腕も恐怖で指先に力が入らない。それでもどうにか玲秋をしっかりと抱き締めて、彼女の言葉を待つ。

「………紫釉、様……」

声は掠《かす》れていた。橙色の瞳から涙が落ち、か弱い指は紫釉の幻影を探すようにふらふらと彷徨《さまよ》っていた。

否、否。

そのような事が、あってはならないのだ。

何故《なぜ》二度も生をやり直して玲秋を救ったと思っているのだ。

「玲秋、玲秋……」

抱き締める腕の中の体温が下がっていく。

嗚呼《ああ》、何が原因なのだ。毒殺なのか、刺殺だったのか。敵は何処《どこ》にいた。自分は何を見ていた。

分からない。

紫釉には分からなかった。

一度目の生では、己のあずかり知らぬところで玲秋を死なせてしまった。何処からか毒を与えられ、珠玉《しゅぎょく》と共に死んだのだ。

二度目の生では、劉偉《りゅうい》を疑いきれずにいたせいで、玲秋と珠玉は殺された。

もう二度とあのような恐ろしい思いをさせてなるものかと、紫釉は心に誓っていた。

しかし。

紫釉にはもう、分からない。

一度目と二度目の生に起きたことは記憶に刻みつけ、忘れることはない。過去の記憶にない未来を紫釉は歩き出している。玲秋が生きている未来を摑《つか》んだのだ。

だが、その先はどうなっている？

玲秋は無事でいられるのか。新しい皇帝を汪国民《おうこく》は受け入れられるのか、隣国の反応は？　紫釉の知る未来は、劉偉の残虐な統治による汪国の末路である。今の汪国は全てを覆した。平穏な世であるよう、過去の記憶を頼りに手を尽くしてきた。

だが今は全てが、紫釉の知らない未来。

「私はもう二度と其方《そなた》を失いたくはない………」

息を引き取り眠る玲秋の骸《むくろ》を紫釉は抱き締めた。

これは夢の世界。紫釉の不安が具現化し、投影された世界でしかない。

何もなかった草原には、数多《あまた》の玲秋の遺体が転がっていた。地は赤く染まり、天は歪《ゆが》んでいる。

紫釉は顔を上げ笑う。

「未《いま》だ大地は血に濡《ぬ》れていると仰《おっしゃ》るのか！」

応えはない。

「私からまた玲秋を奪わないでくれ………頼むから………」

頬に涙が伝う。

もう、二度も失ったのだ。

これ以上玲秋を失っては、おかしくなってしまいそうだ。やっと手に入れられた愛しい女性の姿。

「………約束は果たす。だからどうか………」

玲秋を奪わないでくれ。

声は風によって搔《か》き消された。

そうして世界は白く霞《かす》んでいき、紫釉は夢の世界から目覚めることになる。

一章　中秋節

「汪国《おうこく》新皇帝にお喜び申し上げます」

「紫釉《しゆ》皇帝に拝謁致します。この度はお喜び申し上げます」

数々の使節が訪れては頭《こうべ》を垂れて祝言を贈る。凰柳城《おうりゅうじょう》の中央に建てられた清和殿《せいわでん》、その内部に皇帝の玉座がある。豪華絢爛《ごうかけんらん》な屏風《びょうぶ》を背後に、左右では龍の像が訪問者を睨《にら》むように見下ろしている。

跪拝《きはい》から始まり、祝詞と書簡を共に贈れば、玉座にいる紫釉と、その隣に劉偉《りゅうい》が立つ。

「大儀である」

劉偉が紫釉に代わり使節へ応える。

何度となく繰り返されるやり取りの最中、僅かに紫釉が物憂げに溜息《ためいき》を吐いたところで、劉偉は僅かに手を挙げる。

「休みを取る」

官吏達は深く頭を下げる。劉偉が顔を紫釉に向ける。紫釉は劉偉と目を合わせると席を立った。

げている。


二人が建物を出る間、会話は無い。すれ違う家臣らが二人の姿を見て膝を折り、頭を下
清和殿から僅かに離れた養仁殿《ようにでん》に入ると、劉偉は官女に茶を用意するよう指示をした。

「浮かない様子ですね」

官女が退室するや否や、劉偉が言う。重い装束を身に纏《まと》った紫釉は黙って冕冠《べんかん》を外した。束ねていた髪紐も外れたようで、長い髪が肩に落ちる。

「……今日は終《しま》いにしてよいか？」

紫釉の言葉に劉偉は僅かに眉をあげる。皇帝となってから初めて、紫釉が政務を中断したいと言ったからだ。

「お加減優れないのであれば、薬湯をご用意しましょう」

「大丈夫だ」

紫釉は装飾が多く付いた龍袍《りゅうほう》も脱ぐ。漸《ようや》く身が軽くなると軽く息を吐く。腰帯に短剣だけ付け終えると、垂れていた髪を一つに結ぶ。

「少し出る」

「どちらへ？」

劉偉が眉を顰《ひそ》め問えば、紫釉は振り返りはっきりと告げた。

「玲秋《れいしゅう》の元だ」

「玲秋！　榮來《えいらい》がこっち見たよ」

「そうですね。珠玉《しゅぎょく》様を見ていらっしゃいますね」

「かわいい～……あ、駄目だよ。榮來！　これ、珠玉の裾だよ。舐《な》めちゃだめ！」

玲秋が膝に乗せている赤子に裾を摑まれた途端、そのまま赤子の口に含まれそうになっている珠玉が必死で引っ張っている。無理やり力を入れたら赤子を傷つけてしまうため、うまく引っ張れない珠玉が困った顔を玲秋に見せてくる。

玲秋はクスッと笑ってから指で裾を摘まみ、口元から外させた。それから傍《そば》にあった手拭いで榮來の口元を拭う。最近涎《よだれ》が多い彼には手拭いが必須なのだ。

ここは後宮の中にある明翠軒《みんすいけん》。建物の主人は四歳になった珠玉である。今日は彼女の愛する弟が官女と共に訪れてきたのだ。

榮來の母は紹賢妃《しょうけんひ》……現在は、未来の皇帝の母となったことにより皇太后充栄《じゅうえい》と呼び名を改めている。彼女が暮らしていた清秦軒《せいしんけん》は火事により全てを焼失してしまったため、建て直しが行われている。紫釉が皇帝となってすぐの頃は、安全も考え共に暮らしていたが、後宮が落ち着いたことにより珠玉と充栄、そして玲秋はそれぞれ住まいを構えた。充栄が暮らしている場所は、珠玉の暮らす明翠軒の近くに立つ喜祥軒《きしょうけん》という建物に移動していた。これは、日頃から弟に会いたいという珠玉の想《おも》いを叶《かな》えるためでも確かにあるが、最大の理由は護衛する対象を集中させることにあった。

「ねえ〜榮來はいつになったらおしゃべりできるの？」

「もうちょっとです。そのためにも沢山お話をして差し上げるとよろしいですよ」

「する！　ね〜榮來。宝宝《バオバオ》〜わたしがお姉ちゃんだよ。言ってみて」

赤子に無茶を言う珠玉の言葉に苦笑していると、入口付近から物音がする。

「失礼する」

「紫釉様」

「紫釉兄さま！」

現れた紫釉は皇帝とは思えない軽装で、以前と変わらない黒い装束に身を包んでいた。髪は一つに結び肩に流すだけであった。

「その姿勢のままで。珠玉。息災か」

「はい！　榮來とあそんでいました」

「そうか。榮來も元気そうだな」

玲秋の膝に乗った榮來の頭を優しく撫《な》でる紫釉の表情は、とても穏やかだった。兄弟のためもあってか、髪質や目元が少し似ていると玲秋は思う。

「玲秋も……」

「はい」

名を呼ばれて、顔をあげる。

紫に煌《きら》めく瞳と目が合う。玲秋が大好きな紫釉の瞳。

「会いたかった」

ふわりと微笑《ほほえ》み、玲秋の頬を優しく撫でる手は、二年ほど前に出会った頃とは全く違う男性の手だった。

「……有難《ありがと》う存じます」

触れられる喜びと気恥ずかしさで顔が朱色に染まる。顔を正面から見つめることが出来ない。

「陛下。今日の公務は終えられたのですか？　未《いま》だ使節の方が列を成して門前で並んでいると噂《うわさ》されていらっしゃいますが」

口を挟んできたのは紫釉が寄越してくれた珠玉の官女、余夏《よか》だ。

「休みにしてもらった。無理をして体調を崩しては余計に仕事も増えるだろう？」

「ええ、ええ。仰る通りにございます。どうぞお寛《くつろ》ぎくださいませ」

余夏はどこか嬉《うれ》しそうに紫釉の言葉に対し頷いた。

「棨來様は私達でお預かり致します。どうぞごゆるりとお過ごしくださいまし」

「礼を言う」

深々と頭を下げていた余夏は、顔をあげると「さて」と気合を入れるや否や、玲秋の膝に座っていた榮來を抱き上げる。生まれた時から世話役を買って出ていた余夏に榮來も懐いているため、人見知りすることなく大人しくしている。

「珠玉様、あちらでお菓子を召し上がりましょうか。おやつの時間にいたしましょう。美味《おい》しい月餅《げっぺい》をお持ちしましたよ」

「本当!? 食べたい!」

きらきらと顔を輝かせる珠玉は嬉しそうに余夏の後ろをついていく。ふと、部屋を出ていく前に玲秋に向けて手を振ってきたので、玲秋も合わせて返す。

珠玉達が退室すると、急に周囲の静けさが気になった。それは紫釉も同じらしく、「静かだな」と笑った。

「ええ。いつも賑《にぎ》やかでいらっしゃいます」

「楽しそうで何よりだ」

「紫釉様はお変わりございませんか?」

元皇帝徐欣《じょきん》を退位させ、未来の皇帝に榮來を指名し、彼が成人するまでの皇帝となった紫釉の元には、連日使節や役人達が顔を合わせるために列を成していると聞く。

十六という若さで賢君と呼ばれる紫釉は皇帝となる前に勤めていた安州《あんしゅう》での評価も良

かった。大将軍である紹劉偉と肩を並べるほどの逸材に、民から貴族から、皆が期待を持って紫釉を見ているのだ。

それが負担にならないとよいのだが……そんな風に願うことしか玲秋には出来なかった。

「其方《そなた》に会う機会が少ないことが不満ではあるが、それ以外は問題ない」

「さよう……ですか」

かあっと玲秋の顔がまた赤らんだ。紫釉はそんな玲秋を愛《いと》おしそうに見つめる。赤らむ頬が目立ってしまうのは、元々肌が白いからというのもあるだろうし、反応がすぐに出る可愛《かわい》らしい人柄もあるだろうと、紫釉は思う。

玲秋と紫釉は現在こそ知り合って二年ほどだが、一度目と二度目の生を考えれば、それ以上の間柄であった。

玲秋は今でも紫釉に告げられた言葉を覚えている。

『愛している』と。『妻に迎えたい』と強い意志をもって玲秋に伝えてくれたことを。

だからこそ、玲秋はずっと待っているのだ。

「其方との時間がないと、息を吸う暇もない」

「……お忙しいのですね」

皇帝との謁見を望む者は列を作るほどだと、玲秋も話には聞いていた。

それでも玲秋の元に足を運んでくれる紫釉に、休んで欲しいと思うものの、やはり顔を見られることがこんなにも嬉しいのだ。

「今だけだ。暫《しばら》くすれば落ち着いてくるさ……玲秋、よければ其方の屋敷《やしき》に行かないか？此処《ここ》だといつ珠玉が其方を独占するか分からないからな」

「まあ……かしこまりました」

玲秋の返事に紫釉は満足そうに微笑む。その様子に、玲秋も小さく笑った。

紫釉は席を立つと玲秋に手を差し伸べる。玲秋は差し伸べられた手に己の手を重ねた。

玲秋と紫釉は明翠軒を出ると、少し歩いた先にある翡翠軒《ひすいけん》と書かれた建物に入った。そこは玲秋が暮らす屋敷である。

紀泊軒《きはくけん》では距離があることと、あまりに質素で壁も薄いため、玲秋が暮らし続けることに紫釉が難色を示したのだ。何よりほぼ無人と化した後宮で、日頃顔を合わせる珠玉や充栄と離れて暮らすことは誰が見ても不便であるため、玲秋も納得し翡翠軒に移動したのだ。

翡翠軒。元は四夫人の一人、徳妃《とくひ》が暮らしていた屋敷だった。翡翠軒は翡翠色で染められた柱や屋根が特徴で、その美しさを讃《たた》えて翡翠の名を付けられているそうだ。

屋敷に戻れば、玲秋の官女である祥媛《しょうえん》が茶を用意する。二人で座り、用意された茶碗《ちゃわん》を手に取りゆっくりと飲む。

徐倢伃《じょしょうよ》として紀泊軒で過ごしていた頃は、毎日白湯《さゆ》を飲むことが当たり前で、味のある茶を飲むことなど滅多になかった。それが今では当たり前のように茶を飲んでいることは、嬉しい反面、萎縮《いしゅく》することでもあった。

「口に合わないか？」

「め、滅相もございません！」

ここで「はい」などと答えてみれば、紫釉は当然のように数種類の新しい茶葉を用意してくるだろう。玲秋は慌てて首を横に振った。

「変わりはないだろうか」

「はい。皆様によくして頂いております。近頃は珠玉様が琴《きん》を習い始めましたので、私も合わせて教えて頂くことになりました」

「ほう」

玲秋の視線に合わせて、紫釉も室内にある琴を見る。確かに以前部屋を訪れた時には無かった物だ。

「……良ければ聴かせてくれないか？」

「き、琴をですか？」

「ああ。頼みたい……駄目か？」

顔を近づけ、見上げるようにして頼んでくる紫釉の表情は、少しだけ揶揄《からか》いを含んだ笑みだった。まるで玲秋の反応を楽しんでいるようで、玲秋は顔を赤らめるしかない。

揶揄われていたとしても、彼が望むのであれば叶えたいと思うのも、玲秋の恋心である。

「……………拙い演奏ではございます。酷《ひど》い時はお耳を塞いでくださいまし」

「ああ。そうするよ」

満面の笑みを浮かべる紫釉が、する筈《はず》もない口約束を交わす。

玲秋は手に付けていた装飾を一つずつ丁寧に外すと、琴を手に取り、台に載せる。

着席し、一弦ずつ音に狂いがないかを確認する。特にずれてはいないようだった。

顔をあげれば紫釉と目が合う。

玲秋は俯《うつむ》いて深呼吸を一つ。

奏で始めたのは、練習曲の一つだ。

春の季節を歌う曲で、一人で旋律を奏でるだけでもよいし、連奏も出来る。玲秋は珠玉と共にこの曲を連奏してよく遊んでいた。

弦を弾く。ピンと奏でる音に合わせ、玲秋が歌う。

紫釉は黙って聴き入っていた。

少し覚束《おぼつか》ない玲秋の琴は、決して上手《うま》いとはいえないだろう。

それでも紫釉は、心地好《よ》さそうに聴き入っていた。

最後の音を奏で終えれば、紫釉が静かに拍手を贈った。

「良い腕前だった」

「有難う存じます……紫釉様はお世辞がお上手でいらっしゃる」

「世辞など言っていないよ」

紫釉は立ち上がり移動すると、琴の弦に触れていた玲秋の手に己の手を重ねた。

「今まで聴いてきた中で最も美しい音色と歌声だった。また聴かせてくれないか？」

紫釉は玲秋に対し嘘《うそ》を吐くことをしない。だからこそ、彼の言葉が真実であると伝わった。

「……はい。もっと練習を重ねて、紫釉様に喜んで頂けるよう精進致します」

「ああ。楽しみにしている」

玲秋の手に触れていた紫釉の手が頬に伸びる。紫釉の親指が玲秋の唇をなぞる。唇に施した口紅が紫釉の指を朱色に染める。

紫釉は染まった指先を見つめてから顔を上げ、「口づけをしてもいいか？」と真顔で尋ねる。

玲秋の顔が赤くならないはずもなく、琴越しに見つめる紫釉に対し、小さくこくりと頷《うなず》いた。

紫釉の指が玲秋の右耳に伸びる。下ろしていた髪を優しく撫でながら、耳元に触れると僅かに力を込めて玲秋の顔を近寄らせ。

そして唇が重なりそうなところで……

「陛下。休憩の時間は終了致しましたが」

低い声色によって制された。

部屋に響く低声、威圧的にも感じられるがそれは何処《どこ》か優しい。

あとひとつ動けば触れる唇から残念そうに離れると、紫釉は溜息《ためいき》を吐いてから玲秋の額に軽く口づけ、身を翻す。

「劉偉将軍殿も暇なようだ。わざわざ其方が迎えにくる必要もないだろう」

「陛下に対し足を引っ張ってでも連れて行けるのは、凰柳城広しといえど、私ぐらいのものでしょう。違いますか？」

長身の赤目に見下ろされれば紫釉は何も言えず、諦めた様子で玲秋を見ると、

「また来る」

そう笑う。玲秋もつられて笑う。

紫釉が訪れた劉偉の元まで移動する姿を見ていると、劉偉と目が合った。玲秋は軽く頭を下げる。

「先ほど聴こえてきた歌は貴女《あなた》が？」

「はい」

「よい歌声だ」

玲秋は少しだけ目を大きくして劉偉を見た。まさか、大将軍たる劉偉に褒められるとは思っていなかったのだ。

「有難《ありがと》う存じます」

「今度一曲願おうか」

「劉偉」

紫釉の声が間に入る。見れば冷たい目で劉偉を睨《にら》んでいた。

「……姉が暇を持て余している。そろそろ娯楽を与えねば癇癪《かんしゃく》を起こしそうです」

「楽士を呼べばいいだろう」

「余所《よそ》の者を入れれば、それだけ警備に時間が掛かることはご存じでしょう」

「ならお前が奏でればいい」

「自分が出来るのは剣舞だけで、演奏は出来ません」

「剣舞……」

思わず声を漏らした玲秋の言葉に、紫釉と劉偉が彼女を見る。慌てて口元に手を置いた。

「玲秋は剣舞に興味があるのか？」

尋ねてきたのは紫釉だった。

「実は一度も拝見したことがなく……」

「そうか。なら今度見せよう」

劉偉が口を挟むより前に紫釉が答える。

「紫釉様も剣舞を？」

「ああ。演奏を頼んでもいいか？　先ほどの曲で構わない」

「……はい！」

喜色を浮かべる玲秋の笑顔に満足したのか、紫釉は劉偉に声をかけると退出した。

「……狭量でいらっしゃる」

「当然だ」

そう、二人で交わした言葉は、玲秋の元まで届くことはなかった。

紫釉と劉偉が出て行った扉の先を見つめながら、玲秋はほっと穏やかに息を吐く。

ほんのひと時のことだった。けれど、玲秋にとって大切なひと時。一日会えないことだってある。

何故《なぜ》なら玲秋の愛する人は。

汪国の若き皇帝なのだから。


紫釉が皇帝となってから半年以上の月日が経《た》った。

そして紫釉は民に対し、自身は未来の皇帝である紹賢妃の子の棨來が成人するまでの繫《つな》ぎであることを宣言したのだ。

榮來は現在後宮で暮らしている。かつて華やいでいた後宮だが、今は人の影も少なく、紹一族の中でも信頼できる官女達が護《まも》る榮來と充栄の住む建物、それから珠玉が暮らす明翠軒、玲秋の住む翡翠軒ぐらいにしか人がいない。

新たな皇帝となった紫釉が、自身に世継ぎは不要であると宣言し、父徐欣の頃に迎えた妃を全て帰らせたのだ。帰る家が無い者は出家させたりするなど、その手続きは鮮やかでかつ素早かった。

賄賂蔓延《はびこ》る状態となっていた宦官《かんがん》らもほとんど解雇とし、信用できる者のみを残した。

徐玲秋もまた、元皇帝徐欣の忘れられた妻であった。位は倢伃。二十七世婦《せいふ》の中の一つであったが、数多くいた妃達に埋もれた、影薄き妃であった。

元は自身の姉の代わりとして父親に売られるような形で妻となった玲秋には野心もなく、玲秋を可愛《かわい》がってくれていた珠玉の母、周賢妃《しゅうけんひ》の代わりに珠玉の姉代わり、母代わりとして傍《そば》にいただけの日々だった。

それが、どう運命が転じたのか……

玲秋は二度、生をやり直していた。

一度目の生では珠玉と共に郊外の屋敷《やしき》に追いやられていた。質素な暮らしではあったが、珠玉と共に暮らした日々は幸いであった。

その最中、紫釉と出会い、恋をした。

結ばれぬ相手と分かりながらも想《おも》わずにいられなかった。

だが、想いを告げることもなく、玲秋は珠玉と共に命を失った。毒殺されたのだ。

二度目の生では、劉偉によって皇帝徐欣の墓の中で命を落とした。

その時は、一度目の生のことも、紫釉への恋慕も、何もかもを忘れていた。

目覚めたのは三度目の生に戻った時だ。

過去の記憶を元に珠玉の死を回避するために奔走した。二度と幼い少女を死なせてなるものか。それだけを願い、無力ながらも抗《あらが》った。紫釉と出会い助力を得たり、紹賢妃の死を防ぐために蓮花《れんか》と名乗り、彼女の官女となったこともある。

（まるで昨日のことのように覚えているわ……）

紹賢妃の毒殺を防いだことで安堵《あんど》した矢先、玲秋は紹賢妃の屋敷と共に火事で殺されかけた。

死を目前にして思い出した一度目の生。紫釉との出会い、想い。恋慕う相手の姿を。

そして紫釉もまた、一度目の生からの記憶を持ったままやり直していたことを知った。

紫釉が、二度に亘《わた》り玲秋を死なせたことを悔いているのだと……後になって彼の口から聞いた。

その時のことを玲秋は今でも覚えている。

「毒により其方《そなた》を失ったと知った時は……己が生きる価値すら失ったと思った。玲秋なくしてはこの先、何をして生きていくべきかとさえ思ったのだ」

愛《いと》おし気に玲秋の手の甲に唇を押し当てながら紫釉が続けたのは、いつの時だったか……

「一度得た天啓により時が戻った時は、其方を救えるよう心血注いで尽くした。その結果が其方の死だ。私は早計だった。己が正しき道に猛進すれば、必ず其方と珠玉を助けられると慢心していた」

「そのようなこと……」

「其方らの遺体を見つけた後、私は劉偉を殺した」

「…………」

「恐ろしいと思うか？」

何処か寂し気な、けれど真実を知って欲しいと願うような紫釉の眼差《まなざ》しに、玲秋は首を横に振った。

「殺されるべきは私だったというのに。怒りに任せ剣を振るった。あれは私怨だ……私怨とは醜い……それでも止めることができなかった。全てが憎いと思った。汪国も、劉偉も、劉偉の血縁も。珠玉と、其方を死なせた私自身も……」


だから、なのだろうか。

まるで最後の機会とばかりに、紫釉は三度目の生をやり直すことになったという。

何の力が働いているのかは分からない。ただ、紫釉は言う。

「天啓のようなものが私に告げたのだ。『血に塗《まみ》れた大地を元に戻せ』と。私は今、その使命を果たせているのだろうか」

「勿論にございます……紫釉様は立派に務めを果たしておいでです」

「其方のためだということを……分かっているか？　玲秋」

苦笑しながら優しく頬に口づけられたあの甘い時こそが、ようやく手に掴《つか》んだ未来なのだ。


「陛下がいらしていたのでしょう？　今日は外がやけに賑《にぎ》やかだったもの」

甘栗《あまぐり》を指で転がし弄びながら、充栄は言う。席に座る彼女の隣では、夕寝をしている榮來がすうすうと寝息を立てていた。

玲秋は苦笑する。

喜祥軒に玲秋が呼び出されたのは夕刻を過ぎてすぐだった。

充栄は元皇帝徐欣の妻であり、他の妻は身分を剝奪して全て帰らせているが、彼女は別だった。

充栄は未来の皇帝となる榮來の母であることから、皇太后の称号を紫釉によって与えられた。

紫釉は幾度となく家臣に、あくまでも己は榮來が皇帝となるべく成長する間、空位を埋めるための繫ぎに過ぎないと告げていた。未《いま》だ汪国は平安とは言い難く、王朝の綱紀を正すのに奔走する日々だった。

そのため、玲秋の元を紫釉が訪れない日も少なくない。

『毎日でも通いたい』と告げる紫釉の願いと裏腹に、彼と劉偉は政務に追われているようだった。

だからこそ、紫釉が訪れたとなれば人の少ない後宮でも賑わいを見せるのだ。

充栄は眠る榮來の髪を優しく撫《な》でる。吊り目の赤子は眠っているとより母に似ていると玲秋は思う。漆黒のような髪は、玲秋の想い人である紫釉を思わせる。

「外朝には新皇帝、皇太子の祝いで各国、各州の使節団が挨拶に列を成していると聞いています。中には美しい娘を伴っての挨拶をする者もいるそうよ」

玲秋の反応を窺《うかが》うように話しかけてくる充栄の唇は僅かに上がっている。面白がっているのだろう。

玲秋は眉を下げながら微笑《ほほえ》むことしか出来なかった。

紫釉に妻を、女を与えようとする高位の人間は数知れず……いくら紫釉が妻を娶《めと》らないと宣言しようとも、挨拶を理由に美しい娘を連れてくる。少しでも紫釉の目に入ればと考えているのだ。

人の心は移ろいやすい。それを知るからこそ、紫釉を掌握しようと女を寄越す。

かえって紫釉の不興を買うとも知らず……

玲秋は、倢伃《しょうよ》という身分を失った。後宮が解散するのと同時に玲秋の立場も消えたのだった。それは紫釉の父である皇帝徐欣の妻を辞めた事をも意味する。

『其方が父の妻であったことを、出来るものなら無かったことにしたいと言ったら狭量だと笑うか？』

戯言《ざれごと》のように本心を告げる紫釉の言葉を思い出し、玲秋は頬を染める。

「玲秋。何を思い出しているのかしら」

「っ……失礼致しました」

「其方の反応を見たくて伝えたというのに……陛下への想いは松柏《しょうはく》の操が如《ごと》し……劉偉は前途多難ね、相も変わらず」

　ふふ、と充栄は笑う。玲秋は、何故彼女の弟である劉偉の名が出てきたのだろうと首を傾《かし》げるが、充栄が答えを告げる様子はなかった。

　ふと、充栄の表情が真剣なものへと変わる。どうやら本題に触れるようだ。

「昨日《さくじつ》、巽壽《そんじゅ》様の遺体が関州《かんしゅう》の山奥にある崖で発見されました。背中に切り傷があり、殺害されたようね」

「え……」

　玲秋は息を呑《の》んだ。

「その様子では陛下からも劉偉からも聞かされていないようね。あの男達は本当……」

　呆《あき》れた様子で溜息《ためいき》を零《こぼ》す。

　巽壽とは、元皇帝徐欣の長男であり、王位継承の資格を第一に持つ者であった。

　しかし先の騒動により、徐欣が退位すると共に次期皇帝として榮來の名を挙げた。巽壽には榮來が成人するまでの間だけ皇帝となることが許され、一時的に帝位を継いだものの、榮來の暗殺を目論《もくろ》んだ結果、罪が露呈し皇帝の地位を剥奪された。

「皇太后様……どういうことなのでしょう。確か、巽壽様は……」

　未来の皇帝暗殺の計画が露呈したために国外追放となったが、いずれ反旗を翻そうと企《たくら》みをし、紫釉を支持しない巽壽の派閥らと共に国内に身を隠していたのだ。しかし大将軍劉偉と聡明《そうめい》な若き皇帝紫釉によって企みなどが露見し、彼等《かれら》は拘束の上、秘密裏に蟄居《ちっきょ》させられていた。皇帝の一族による揉《も》め事でこれ以上民の不安を煽《あお》りたくなかったのだ。

その経緯から巽壽は郊外の片隅に閉じ込めておかれていたのだが……。

「数日前、何者かの手により巽壽が居城から連れ去られたようです。既に巽壽を支持する者は捕らえられているというのに、未だ彼を推す輩《やから》がいるのかと思っていた矢先に……まさか殺されることになるとはね」

「…………」

玲秋は巽壽と顔を合わせたことなどほとんどない。式典の折、遠くから僅かにお姿を見かける程度であった。

その彼が、死んだ。

「巽壽様の死によってもたらされるのは、反皇帝派の鎮静化。紫釉陛下が手を下したのではないかと考える者もいるでしょうね。巽壽様自身に対する情はなくとも、彼を取り巻いていた一派による逆恨みがあるかもしれない。玲秋、其方も気をつけなさい」

「わ、私でございますか？」

「公にはしておらずとも、貴女《あなた》は紫釉皇帝が唯一寵愛《ちょうあい》する女性。陛下の弱みともなりうる存在なのです。重々承知しておくように」

「…………肝に銘じます」

玲秋はこれ以上言葉を紡ぐことが出来なかった。その内、眠っていた榮來がぐずり出す。どうやら夕寝から目覚めたらしい。

官女が抱き上げると充栄へそっと渡す。赤子は母の温《ぬく》もりに気が付いたらしく、泣き声を止めた。

「ふふ……不思議ね。どうして母と分かるのでしょう。いい子」

整えられた爪の先で柔らかい赤子の肌を傷つけないよう、優しく撫でながら見つめる充栄の表情は、母親そのものだった。

玲秋はその表情に、小さい頃に亡くなった自身の母と、珠玉の母にして玲秋の恩人である周賢妃を思い出した。

優しくあやし、時に子の好きな歌を口ずさむ充栄の姿を、優しい眼差しで見つめ続けていた。

充栄の屋敷《やしき》を出て、玲秋は夜の冷えた空を見上げながら帰り道を歩いていた。虫の鳴き声がどこからか聞こえてくる。季節は夏から秋に入った頃。今年の夏は冷夏であった。陽《ひ》射《ざ》しの少ない天候では作物の育ちが思わしくなく、今年の冬は少し厳しくなるだろうと言われている。

玲秋は、この冷夏を知っている。

(あの時も涼やかな日だった)

一度目の生の時、珠玉と玲秋は後宮で今のように暮らしていたものの、汪国は災害にまみれ、満足な食料が後宮にも届かなくなっていた。特に玲秋は冷遇されていたものの、それでも慎ましく生きてきたのだ。

だが、珠玉が七つとなる前、二人は命を失った。

「…………」

玲秋は天に昇る欠けた月に向けて手を重ね祈った。

月には女仙がいると言い伝えられている。一人月の宮、広寒宮《こうかんきゅう》で暮らしていると。

何故《なぜ》だか玲秋は、月に一人で過ごす女仙に祈りたかった。

天から見下ろす汪国はさぞ小さな国だろう。ちっぽけな人間が祈ったところで、月から見ればほんの小さな行為である。

それでも願う。

(私はもう二度と、命を失いたくありません……私を大切に想《おも》う方々を、悲しませせたりしませんように)

月は眩《まぶ》しいほどに輝き、玲秋を照らすだろう。

（綺麗……中秋節の時期も近づいてきたわね）

近く訪れる中秋節……それは国をあげての伝統ある祭事だ。

紫釉と劉偉が慌ただしいのも、情勢が落ち着かない中で行わなければならない祭事の準備に時間を取られるからということもあるだろう。

国が穏やかで恙《つつが》なく祭事を行えている様子を、隣国や民に見せつける必要がある。

新皇帝たる紫釉の力量と統制を見せるよい機会でもあるのだ。

近く迎える満月を前に、凰柳城は賑わいを見せているが、後宮の片隅は静かだった。

力のない玲秋には、ただ無事を。

女仙に祈ることぐらいしか出来なかったのだ。


中秋節当日。

外朝の広場では太鼓と笛の音色が響いていた。中央に設置された舞台で、月の女仙たる嫦娥《じょうが》に対し舞を捧《ささ》げているのだ。ぼんやりと見える月は美しい白い円を空に描いている。

いつものように支度を使用人達に世話される紫釉は固く唇を閉ざし、一言も発さずに黙っていた。

服を一枚身に着けるのさえ使用人の手で行う汪国皇帝の身支度は、紫釉にとって窮屈以外の何物でもない。

新皇帝の祝いを兼ねて使節団の者も何名か訪れてきた。

賓客の一人は病床に臥《ふ》せっていた、元皇帝徐欣の母たる太后慈江《じこう》。かつて珠玉の後見人ではあったが、持病を患っており表舞台に出ることがなかった。その後、充栄が珠玉の後見人となった。

痩せ細った神経質そうな表情で、質素に見えながらも上質な装束を纏《まと》い玉座の前に頭を下げた。彼女は皇帝の祖母にあたるため、跪拝《きはい》による礼を行わなくともよい。

硬い膝を微《かす》かに折り、「新皇帝紫釉陛下に拝謁申し上げます」とだけ告げた。

僅かに嗄《か》れた声は、日頃声を発していないのだろうか、聞こえづらかった。

「来訪感謝します。恙なくお過ごしになれるように配慮します」

「お心遣い痛み入ります」

視線が絡むことはなかった。

形式通りに進む挨拶はあっけなく終わった。これが、祖母と孫の対面である。

太后との面会を終えると、次に訪れたのは汪国とは緊張関係にある梁《りょう》国の使者であり、幼い頃より汪国を出ている次兄の喜瑛《きえい》だった。

「紫釉皇帝陛下に拝謁申し上げます」

「許す……お久しぶりです。兄上」

膝を折り、頭を下げていた喜瑛は顔をあげた。目が合うと分かる。何処《どこ》となく紫釉と珠玉に面影が似ている部分があったのだ。髪質は母譲りなのだろう、少し色素の薄い髪色をしているが、瞳の作りが父である徐欣に似ていた。

「紫釉陛下に兄と呼んで頂けるとは、恐悦至極にございます」

「喜瑛兄上が兄弟としての縁故を続けて下さる限り、我々の関係は兄弟であり続けるだろう」

喜瑛の表情が消えた。

彼は己の長兄が先頃殺された事実を知っているのだ。

「……勿論《もちろん》にございます。梁国の使者として、これからも紫釉陛下とは友好的に兄弟の絆《きずな》を交わしてまいりたい所存です」

「感謝しよう」

これもまた、短い兄弟の会話で終わった。

それからは順次挨拶に訪れる使節団の者や貴族ら、官吏の者達へ言葉を掛ける。

そうしていれば時刻はあっという間に夕刻を過ぎ、満月の夜が訪れるだろう。

「……玲秋は？」

渇いた喉を潤すために水を飲む紫釉が、他には聞こえないよう声を落としながら劉偉に尋ねた。

「後宮内で中秋節を迎えていますよ。終えられたら顔を覗《のぞ》きに行きましょう」

「護衛は」

「恙なく」

「そうか」

まるで生き急ぐように、せかされるように。

劉偉には、彼が焦っているようにしか見えない。勿論家臣の前でそのような態度を見せることはないのだが、傍《そば》に仕えている劉偉だからこそ分かるのだ。

(何を焦っていらっしゃるのか)

寡黙な性格である紫釉は多くを語らない。年の割に大人びた青年は弱音を吐くことも少なかった。家臣に弱い一面を見せてはならない。弱さを突かれ、瞬く間に引きずり落とされるかもしれない立場であれば、尚更《なおさら》外に脆《もろ》さを見せてはならない。そういった面で考えれば、紫釉はまさしく理想的な皇帝ではある。

だが、あまりに語らなすぎても、家臣としては助言をすることも手助けすることもままならない。全て紫釉一人で解決しようとしてしまうのだ。それでは家臣たる意味がない。

「陛下……」

忠告すべきか躊躇《ちゅうちょ》したものの、思い切って声を掛けた瞬間、何処か遠くから悲鳴のような声が響いた。

女性の、紫釉を呼ぶ声だった。

「玲秋。これでいいの？」

「はい。大丈夫ですよ」

官女と共に作った月餅（げっぺい）を小さな台に載せる珠玉は、きらきらと瞳を輝かせながら玲秋に尋ねる。

隣で香炉の準備をしていた玲秋が苦笑しつつも答えれば、珠玉は嬉《うれ》しそうに歌いだす。

月にまつわる童謡だ。

　玲秋は珠玉の姿を微笑《ほほえ》ましく見つめていた。

　今日は中秋節。外朝では祭事を催していることだろう。天の祭祀《さいし》ほど大きな行事ではないものの、祭事は国の為《な》すべきものであり、無事執り行うことにより国の平安が保たれるものである。

　かつては、皇帝の妻達と、皇帝の血を引く者が参列する行事だったが、紫釉は珠玉と榮來を参加させることはしなかった。

未《ま》だ年端もいかない子を政事の場に立たせることを良しとしなかったのもあるが、何より危険を回避するための策であった。

なので、せめて自分達だけで祭事を行おうと決めたのだ。

中秋節ということもあり、玲秋は紫釉や祥媛に許可を貰《もら》い、珠玉の屋敷を訪れていた。

小さな祭壇として台を作り、台に置ける香炉や供え物とする月餅を用意した。

珠玉は、外出できたことが嬉しいのか、明るい表情を浮かべながら準備を手伝ってくれた。

「珠玉様。蠟《ろう》の傍に立っては危ないですよ」

「はぁい」

明翠軒の庭先ではいくつか蠟燭《ろうそく》を立てている。既に日は落ちたため、月明かりだけでは足元も覚束《おぼつか》ない。

「お月様きれいだね」

「ええ、本当に」

美しい円を描いた満月の夜空には雲一つ見当たらない。月の美しさに見惚《みと》れ、皆が黙って空を見上げていた。

玲秋はふと、一度目の生の時を思い出した。

（あの時も珠玉様と二人で過ごしていたわね）

寂れた屋敷で二人、月を見るだけだった。供える物もなく、二人で月を見上げては美しいと笑っていた日々。

胸が微かに痛む。たとえ過去を変えたといっても、玲秋が体感した記憶は今でも残っているのだ。

毒を盛られ共に命尽きた時も、閉じ込められて身を寄せながら命を失った時も、玲秋にとって無かったことにはならないのだ。

（珠玉様が笑っていらっしゃる……それが、どれほど得難いものか）

玲秋は空を見上げ、月の神に祈った。

奇跡というものがあるのならば、まさしく今を言うのだろう。

（感謝します……）

「玲秋！　珠玉も月餅食べていい？」

玲秋の袖を引っ張る幼い手に視線を向ければ、どうやら飾っている月餅の魅力に敗北したらしい珠玉が、物欲しそうに玲秋を見上げて尋ねてくる。玲秋は苦笑した。

珠玉は利口だ。皇帝の妹という立場ではあるが、家臣である官女の余夏や祥媛の言いつけは守るのだが、こうして甘えて我が儘《まま》を言う時は決まって玲秋にだけ聞いてくる。それは、玲秋が良しとすれば余夏も祥媛も何も言えないことを知っているからだ。

「ええ。ちゃんと準備しておりますよ」

「本当！」

「勿論です。ですが、おひとつで我慢してくださいね」

「うんっ」

菓子一つで満面の笑みを浮かべて小躍りする珠玉に苦笑しつつ、祥媛を呼び準備をするよう指示をする。

人の少ない後宮内では、普段は風が揺らす木々の音ぐらいしか聞こえてはこないのだが、今日は遠くから太鼓の音が聞こえてくる。外朝で行われている中秋節の祭事の音だろう。恙なく進んでいるのだと安堵《あんど》する。

「余夏。少し雲行きが怪しくなってきているし、中で食べることにしましょうか」

「さようでございますね」

ふと見上げてみれば、先ほどまで美しく姿を現していた満月にうっすらと雲がかかりだしていた。少しでも雲隠れすると、いくら蠟燭を灯《とも》していても瞬く間に外の景色が見えなくなる。

室内に移動しようとしたところで、余夏の動きが止まる。

「余夏？」

「…………珠玉様をお連れして中へ」

緊張が走った。

玲秋は静かに頷《うなず》くと、足早に珠玉を連れて建物に入った。

「玲秋？」

「珠玉様。かくれんぼのお時間です」

「……うん、わかった」

少しだけ表情を強張《こわば》らせた珠玉は頷く。その様子を確かめてから玲秋は、寝台の下の床板の一部を取り外した。子供である珠玉だけが入れる空間がそこにはあった。

「少しの間のかくれんぼですからね」

「うん。終わったら教えてね」

「ええ。心の中で数を数えていて下さいね」

優しく髪を撫《な》でれば、珠玉はぎゅっと目を閉じた。それを確認すると玲秋は静かに板を閉じた。

紫釉が新皇帝となってから、時折かくれんぼと称して身を潜める練習を繰り返していた。いつ何時刺客が現れるか分からないからだ。それは、珠玉に限らず玲秋も同様であった。

『其方《そなた》は私の大切な女性として一部に知られている。身に危険が及ぶ可能性は高い。だから、常に警戒をして欲しい』

紫釉に忠告された言葉を玲秋は繰り返し思い出す。

余夏の様子は聞こえてこないが、無事であればすぐに戻ってくる彼女が姿を現さないのであれば、警戒を続ける必要があるだろう。

玲秋は手に燭台《しょくだい》を持ち、部屋の陰に身を潜めた。入口から死角となる隅こそ、玲秋の身を潜めるのに適当な場所だ。

少しして騒々しい足音が聞こえだした。

玲秋は息を呑《の》む。余夏のものではない足音だ。

息を殺し、訪問者の入室を待っていれば、暗い色の装束を身に着けた者が部屋に入ってきた。手には刀を持っている。死角に立っているためよく覗きこむことができないが、確かに誰かが入室してきたのだ。

（どうしよう……）

相手は玲秋を見つけられていない。寝台の上に転がった布団を捲《まく》る様子から、人を捜しているのは明白だった。

「…………っ」

燭台を持つ手に汗が滲《にじ》む。緊張で心臓の音が煩《うるさ》い。

このまま何事もなく立ち去って欲しい。

玲秋にも珠玉にも気が付かずに。

しかし、そのような願いを嘲笑《あざわら》うかのように、侵入者は、玲秋の隠れる部屋の陰に向かい近付いてくる。玲秋は息を殺し、靴音に集中した。気付かれるより前にこちらから仕掛けなければ！

あと数歩でこちらの存在が見えてしまう位置まで近づいてきたことを確認した玲秋は、勢いのまま飛び出し手に持っていた燭台を振りかざした。

「っ！」

黒い服を纏《まと》った侵入者が息を吞んだ。微《かす》かに聞こえた声、そして体格から、相手が男であると分かった。

玲秋は躊躇なく男に燭台をぶつけた。鈍い音と共に、玲秋自身の腕に衝撃が走る。人を痛め付ける行為は決して生易しいものではない。もう一度振るうべきか、と体勢を変えたところで燭台を強引に掴《つか》まれた。

「あっ……！」

「このっ！」

忌々しそうな舌打ちと共に、男は燭台を無理やり玲秋から奪い取ると、床に放り投げた。

ガシャン、と激しい音がする。

同時に玲秋は押し倒された。突然の転倒により頭に衝撃が走る。逃げようにも首を両手で掴まれ、ギチギチと締め上げられて振り払えない。

「うっ……！」

明確な殺意をもって玲秋を殺そうとする。

息が出来ない。苦しい。

涙が浮かぶ。口を開いても空気は喉に入らない。

玲秋は必死で男を蹴ったり、殴ったりして首の拘束を邪魔する。しかし男の腕は緩まない。

（嫌よ……！　絶対に……嫌っ！）

それは怒りなのか命乞いだったのか……渾身《こんしん》の力を奮い、玲秋は思いきり男の腹を蹴った。

「うっ……！」

男が痛みから手を緩ませた瞬間を突いて、玲秋はその場から強引に離れた。男が伸《の》し掛かっていた部分の衣類がビリと破ける音がするが、気にしなかった。

「はあっ……げほっ……」

朦朧《もうろう》とする意識をどうにか取り戻し、扉の先に逃げるか声を荒げようとしたが、玲秋は髪を思いきり引っ張られた。

ぶちぶちと髪がちぎれるような音がすると同時に、また床に倒される。

「殺してやる……！」

男の手に刃物が光る。

殺される……！　そう思った瞬間。

祥媛が視界の端に見えた。

日頃の穏やかな顔とは違い鋭利な眼差《まなざ》しで、手に持っていた刀で男を刺した。

男の身体《からだ》が倒れると同時に、玲秋に真っ赤な血が降り注ぐ。

「ご無事ですか、玲秋様！」

倒れた男をどかし、祥媛が玲秋を抱き上げる。

「しょう……えん………珠玉様が、床に……」

「しっかりなさいまし！」

死ななかった。

その安堵と恐怖から解放された玲秋は、そのまま意識を失った。

二章　護衛

玲秋《れいしゅう》は夢と現《うつつ》の世界を暫《しばら》く行き来した後、中秋節の翌日の夜にようやくはっきりと意識を取り戻した。

「目を覚ましたか？」

「…………紫釉《しゅ》様？」

玲秋の目の前には、焦燥した表情をした紫釉がいた。ずっと玲秋の手を握り締めていたらしい。

「具合はどうだ？」

「えっと……」

何度か意識を取り戻し、同じように尋ねられたことは覚えている。朦朧とした意識の中で、どう自分が答えていたかなど全く覚えていない。

声を発しようとすると喉に痛みを覚えた。そっと空いた手を首元に向けてみれば、紫釉の表情がより険しいものとなる。

「…………冷やすものを持ってこさせる。余夏《よか》」

「かしこまりました」

玲秋には見えていなかったが、どうやら部屋の隅に余夏がいたらしい。

「……私は、大丈夫です」

「その声で大丈夫なわけがないだろう」

紫釉が苦笑したのも納得できた。発した声があまりにも掠《かす》れていたからだ。

「喉を痛めている。暫く静養が必要だ」

「しゅ……珠玉《しゅぎょく》様は……？」

どうしても気がかりで尋ねれば、紫釉は両手で玲秋の手を握り締めた。

「無事だ。あの子には其方の救助を終えてから改めて説明した。玲秋の身をずっと案じている。今は夜も更けているから、明日の朝に顔を見せてよいと伝えておく」

「有難《ありがと》う存じます……」

玲秋は早く珠玉を抱き締めたかった。無事だと、もう安全なのだと伝えたかった。

「……何故《なぜ》このようなことが起きたのでしょうか」

「…………」

紫釉は黙り俯《うつむ》いた。が、少しして顔を上げると真っ直《す》ぐに玲秋を見つめた。

「襲ってきた男は死んでいた。男が歯に詰めていた毒を飲んで死んだため尋問はならなかった」

「そのようなことが……」

「手練《てだ》れの暗殺者だ。つまり明確な殺意を持って其方を襲っていた」

「私、を？」

「男の胃から後宮の見取り図が出てきた。特に明翠軒《みんすいけん》と翡翠軒《ひすいけん》の詳細な地図が書いてあった。つまり、男は其方《そなた》を殺すために侵入したのだろう」

玲秋は息を呑み、震える手で口元を覆った。

己に向けられる明確な殺意に身体が震えたのだ。

（分かってはいたというのに……）

紫釉が何度も玲秋に伝えていた言葉を思い出す。

身に危険が及ぶ可能性が高い、と。常に警戒をして欲しいと。

言葉では理解をしていても、現実に起こった事実に恐怖が蘇《よみがえ》る。

（本当に起こるなんて）

玲秋自身には何の身分もない。命を狙われるほどの危機感を抱いていなかったのかもしれない。

己の甘さを恥じた。

「……汪国《おうこく》の皇帝が唯一寵愛《ちょうあい》する妃であると、自覚をしたか？　玲秋」

「あ……」

答えるよりも前に口づけられる。

僅かに触れていた唇が離れると、頭を優しく撫《な》でられた。

「自覚をしていないのであれば、改めてくれ。其方を失えば、この地を赤く染め上げてしまう王がいるのだということを」

「は……はい……」

紫釉は意地悪く笑う。

三度目の生で初めて出会った時の、背も玲秋と同じぐらいで少年らしさを残していた彼は既に居ない。背はあっという間に越され、声色も低音となり、少年は瞬く間に青年へと変わっていた。

玲秋の手を握り締める手も、簡単に包み込んでしまう。歳《とし》が下であるはずなのに、そのような素振りは全く見せず、いつだって玲秋の先を見据える若き王。

それが、玲秋の愛する人なのだ。

紫釉は身体を起こした玲秋を抱き締める。

「近頃私は夢を見る。其方を失う夢だ。正夢にならないかと……ひどく恐ろしい」

「紫釉様……」

「私にはもう、未来が分からない。私が生きていた頃の未来と、今は大きく変わった。当然のことだとは思うだろうが……私にはそれが不安でならない」

抱き締められたままでは紫釉がどのような顔をしているのかは見えなかった。穏やかに心臓の音が刻まれる胸に耳を傾ける。僅かに速い鼓動が、紫釉の心の焦りをまさしく表していると思った。

「何者が其方を殺そうとするのか……突き止めてみせる」

「はい……ですが、どうか無茶だけはなさらないでくださいませ」

「それは私の言う言葉なのだがな」

紫釉が小さく笑うと、抱き締めていた身体を僅かに離して玲秋を見つめた。

「暫くの間、来賓の訪れも多い。警備を厚くしてこの始末だ。内部の人間が信頼のおける者だけを側に置いているとはいえ……心配ではある。そこで……」

何処か歯切れ悪く、紫釉は俯いて言葉を濁すので、玲秋は僅かに首を傾《かし》げた。

「紫釉様？」

「……首謀者が見つかるまで、其方に護衛を付けることにした」

「護衛……」

その言葉と同時に、部屋の扉が開く音がした。

思わずそちらに視線を向けてみれば。

「……劉偉《りゅうい》将軍？」

そう。

そこには、紹《しょう》劉偉の姿があった。


刻《とき》は僅かに戻る。

中秋節の祭事を執り行っていた紫釉と劉偉の元に、女性の叫びにも似た声で後宮の報《しら》せが届いた時、紫釉は心の臓が止まるかと思った。何もかもの行事を捨ておいて後宮に向かえば、そこで見たのは気を失った玲秋と血に染まった祥媛《しょうえん》、そして暗殺者らしき男の遺体であった。

共に過ごしていた珠玉は余夏によって救出され、暫くの間玲秋を心配し興奮した様子を見せていたが、余夏があやしていると聞いた。

首に痛々しい痕が刻まれた玲秋の姿に、紫釉は胸が張り裂けそうになった。

「玲秋……」

眠る彼女の頬に優しく触れ、その手を握り締めた。

その姿を僅かに離れた位置で見つめていた劉偉の顔色も蒼白《そうはく》であった。

玲秋を休ませている間に片を付けた暗殺者の荷を洗いざらい確認したが、何一つ手がかりとなるものはなかった。

怒りと焦燥で表情を曇らせる紫釉の傍《そば》には、劉偉と彼の姉である充栄《じゅうえい》がいた。

後宮の喜祥軒《きしょうけん》に三人は集っていた。

「男の内部まで確認したところ、明翠軒までの地図と玲秋の特徴が書かれた紙を飲み込んでいました」

劉偉が淡々と語り、洗ったらしき紙を台に置けば、掠れてはいたものの確かに地図らしきものと、女性の特徴が記されていた。

紫釉の目が不快そうに細められた。

「読み取れないが、後宮内への立ち入りはどうなっている。警備はいたのだろう？」

「外朝の式典のため通常より人手は減っていたそうです。全門に衛兵はおり、全員侵入者を確認しておりません。荷に紛れて入った可能性がございます」

「警備を改めるべきだな。一度処遇も踏まえて仕切り直せ」

「かしこまりました」

端的に劉偉が返答する。

「ここまで堂々と入れたことを考えれば、信頼のおける業者の荷台から来たのでしょう。ここ数日訪れた業者をまとめました」

部屋の隅に控えていた祥媛が広げる。数はそこまで多くはなかった。

「……この数ならば特定できるのではないか？」

「通常であればそうでしょう。しかし、中秋節の祭事により通常より多く出入りがありました。ここに記載している豪商の者が出入りしていたとはありますが、豪商の名と入城の札を借りて使えば、容易く出入りできたことも否めません」

「特定は困難であると」

「恐らくは。勿論《もちろん》確認は致します。どんな手を使ってでも」

「頼む」

祥媛が竹簡を巻き戻すと頭を下げ、部屋から出ていく。

残された三人は黙る。

最初に口を開いたのは充栄だった。

「護衛を付けるべきでしょう。後宮内には女と宦官《かんがん》しかおりませんが、暗殺ともなれば特例で付けるべきかと。後宮の理《ことわり》を考えれば男子は禁制ではございますが……表向き、後宮に妃はわたくし以外おりませんので」

「…………護衛か」

理解は出来ても納得の出来ない顔を見せる紫釉の心情は分からなくもない、と劉偉は思う。

恐らく、叶《かな》うのならば紫釉自身が護衛になりたいと思っているのだろう。そのようなこと、皇帝である彼に叶うはずもないのだ。

「皇太后《姉》の仰《おっしゃ》る通り、女人の護衛だけでは不安もある……誰か腕の立つ者を集めましょう」

劉偉も賛同を見せる。すると充栄は「あら」と高い声を上げる。男二人が充栄を同時に見る。

「いるでしょう？　腕の立つ護衛なら……」

彼女の細長い指、その彩られた爪の先が一点を指す。

指した先に居たのは……大将軍、劉偉であった。

「姉が……いや、皇太后が言い出したことではあるが、確かに護衛としては自分が最も相応《ふさわ》しいということもあり、首謀者を捕らえるまでの間、貴女《あなた》の侍衛を務めることになった」

普段の大将軍として纏《まと》う装束とは異なり護衛兵の恰好《かっこう》をした劉偉は、服装は質素だというのに、その威圧感ある迫力を消せずに立っていた。特徴的な長い墨色の髪は団子に纏め頭巾で覆っている。いつもより動きやすそうな恰好と支給品らしい鞘《さや》と刀。だが、他の衛兵と見比べても明らかに纏う気配が違う。

「そのような……護衛だなんて恐れ多いです」

玲秋の顔は真っ青だった。

正直、劉偉が怖くないと言えば嘘《うそ》になる。あれは過去の出来事であり、今の劉偉は決して玲秋を殺すようなことなどしないと分かっている。だが、一度は殺されたことが記憶の片隅に残っているせいだろうか。

普段顔を合わせる機会も多くない劉偉に慣れていないこともある。元々、男性と面と向かって語り合う機会などほとんど無かったのだ。生まれた頃は母と二人暮らし、母が亡くなってからは使用人のような暮らしをしてきた玲秋にとって、男性など滅多に姿を見せなかった父親ぐらいしか思い出せない。

後宮に入ってからは更に輪をかけて、男性の姿を見かけることがなかった。宦官すらも、忘却された玲秋に話しかける機会はなかった。

それがどうして今、目の前の長身の男性が自分の護衛をすると言っているのだろう。

「貴女を狙う刺客を差し向けた者を突き止めることが出来れば、護衛はすぐに解こう。それまで辛抱願いたい。自分のような大男が居ると煩わしいかもしれないがな」

「煩わしいなどと……そうではございません。私の我が儘《まま》ではございますが、私よりも紫釉陛下をお守りし、支えて頂きたいのです」

玲秋の言葉に劉偉の表情が固まる。

「紫釉陛下には味方が少ないとお聞きしております。その中で紫釉様は将軍に信頼を寄せていらっしゃる……それほどに重要な方を、私の護衛として遣わされるのは紫釉様の為《ため》にならないと思うのです」

「……陛下が大切なのですね」

「当然のことにございます。将軍とて同じではありませんか？」

劉偉は少し黙って考える表情を見せると……「劉偉」と、答えた。

「え？」

「将軍と呼ばれては、護衛の恰好をしていようと素性を晒《さら》しているようなものだ。せめて私を呼ぶ時は名で呼んでもらおう」

「あの、ですから」

玲秋の顔に困惑が浮かんでいるのを見て、劉偉が苦笑する。

「貴女の考えは承知だ。だが、これは決まったことだ。諦めてくれ」

「ええ……………」

「ははっ」

劉偉が笑う。

普段あまり笑わない印象がある劉偉の笑い声に、玲秋はますます混乱した。

「……………話は終わったか」

隣で黙って会話を聞いていた紫釉の声に、玲秋と劉偉は揃《そろ》って紫釉を見た。その表情は機嫌が良さそうには見えなかった。

「紫釉様……本当によろしいのですか？」

「……其方《そなた》の身の安全を考えれば、最善の策ではある。将軍は汪国一の剣術使いでもあるからな」

「ですが……」

「私のことを心配してくれているのだろう？」

紫釉は玲秋の頬を撫《な》で、ふわりと焦茶色の髪に触れる。

「其方が私を心配するように、私も其方が心配だ……其方の元に私以外の男がいることは、狭量故に許したくはないが、首謀者を捕らえる為にも最善な策であることも事実。悔しいが受け入れよう」

触れられていた頬がみるみる赤く染まっていくのを、苦笑しながら紫釉が見つめている。

「此処《ここ》は後宮だぞ。妃《きさき》に男との接触を禁じる場所でもある。その意味を、忘れているのではないか？　玲秋」

「そ、そのような……！　私は、紫釉様をお慕いしております……」

「其方の心を疑っているのではない。私が狭量で悋気《りんき》を起こしやすいだけだよ」

頬に触れていた指が耳に触れ、そうして頭部を支えると紫釉に近づける。玲秋はされるがまま紫釉の元に頭を寄せる。

「必ず捕らえてみせる。それまでの間、私も辛抱しよう。玲秋も耐えてくれるか？」

「……かしこまりました」

「好《よし》」

紫釉は抱き寄せた玲秋の額に口づけを贈る。

隣で劉偉が黙ってその姿を見ていることに目もくれず、優しく何度も玲秋の髪を撫でた。

「陛下は本当に狭量でいらっしゃるようだ」

「……」

後宮の門前で紫釉は相変わらず不機嫌な顔をしていた。今日、これより大将軍劉偉は護衛兵として内廷である後宮に入る。

外朝では、劉偉は偵察のため遠征すると通達が為《な》されている。暫《しばら》く留守にすることは一部の者を除いたほとんどの者が知ることとなった。

実際は護衛兵の一人となり、玲秋の傍に居ることになる。

それを紫釉が面白く思うわけもなく、機嫌は悪い。だからと言って護衛の話を白紙に戻さなかったのは、紫釉から見ても劉偉が護衛を務めることが得策であると判断しているからだ。

後宮の門を劉偉が潜《くぐ》る姿を、紫釉は黙って見つめていた。

「……………頼んだぞ」

「仰せのままに」

後宮の門が閉まる。

徐々に閉まる扉と共に、劉偉の姿は見えなくなっていく。

閉ざされた扉の前で紫釉は黙ったまま立ち尽くしていたが、暫くして振り返り後宮を背に歩き出す。

紫釉が向かう先は外朝。彼の戦場は外朝にある。

（すぐに片を付けてみせる）

紫釉の知る未来に、このような出来事は無い。何が起こるかなど誰も知らない未来を進む。それが当然であるというのに、これほどまでに一歩一歩の道は長く険しく感じられるものか。

それでも、向かう。

紫釉が追い求め、二度に亘《わた》り命を賭してでも得たいと願った玲秋との未来のために。

一人、己の戦場へと戻って行った。

「今日からよろしく頼む」

困った表情を見せる玲秋の様子を見て劉偉は小さく笑った。

翌朝、玲秋の元に劉偉が挨拶にやってきた。

玲秋は僅かに表情を緊張させながらも、コホンと軽く咳《せき》をしてから劉偉と目を合わせた。

「こちらこそ……よろしくお願い致します」

「侍衛としてやるべき事はひと通り聞いてはいるが、差し障るような事があれば言って欲しい」

「かしこまりました」

二人のやりとりを眺めていた祥媛がはぁ、と大きな溜息《ためいき》を吐いた。そのわざとらしいほどの音に劉偉と玲秋は顔を向ける。

祥媛が苦笑する。

「お二人の会話をお聞きしていると、主従が逆転していらっしゃるように見えますよ」

「それもそうか……」

そういえば、と玲秋は己の言葉遣いを改めるが、だからといってすぐに切り替えられるかと考えれば……なんと難易度の高いことだろうと自覚する。

「申し訳ありません」

「言っている側《そば》から……慣れて参りましょう、玲秋様」

「は、はい！」

かしこまる玲秋の姿に、祥媛は顎を手に載せ、思う。

首謀者を捕らえるのが先か、はたまた主《あるじ》の言葉遣いが定着するのが先なのか。

願わくば前者が先であることを。


玲秋の日課に大きな変化はない。

朝、身支度を整えたら朝食を時間通りに食べる。決して多くはない量だが、以前の暮らしに比べれば食の量も改善されてきていて、以前より食べる量は増えた。

身支度は祥媛が単独で行っている。そもそも、玲秋の暮らす屋敷《やしき》には、官女も使用人も限りなく少ない。玲秋の専属の官女は祥媛のみで、後は給仕や掃除をする使用人が二人ほど。それも、常に居るわけではなく、聞けば珠玉の元にいる使用人が兼務しているらしい。

そんな彼女達と共に、食後は珠玉の元へと向かう。珠玉は食事中であることが多く、玲秋は暫《しば》し終えるのを待つことがある。その間は明翠軒の近くにある庭園を覗《のぞ》いたり花を摘んだりしている。

明翠軒は珠玉が生まれた時から暮らしている屋敷である。亡き母である周賢妃《しゅうけんひ》の住まいでもあったため、当時から仕えている官女や使用人が多く、玲秋を見つけるといつものように案内をしてくれる。どうやら今日は食事が既に終わっているらしい。

明翠軒の建物の中に入れば、支度を終えて鞠《まり》を持って遊んでいた珠玉が、玲秋の訪れに気付き満面の笑みを浮かべた。

「玲秋～！　おはよ……」

浮かべていた笑みが固まった。

玲秋の傍に、いつもであればいない長身の男性が立っていたせいだ。

珠玉はジロジロと劉偉を見上げる。劉偉は困った顔をしつつも無言で一礼する。

「……しょうぐん？」

「珠玉様。手習いの時間まで鞠で遊びましょうか」

不思議そうに劉偉を見上げていた珠玉が、玲秋の言葉に表情を輝かせる。

「遊ぶ！」

「参りましょう」

嬉《うれ》しそうに鞠を抱き締めて外に向かう珠玉を見守ってから、玲秋は劉偉を見る。

「……顔も隠すべきだろうか」

真面目な顔をして言うものだから、玲秋は思わず笑ってしまった。

「……っふふ……申し訳ございません。あまりにも真面目に仰《おっしゃ》るものですから」

「…………いや……ああ、いいえ。構いません」

劉偉は玲秋の笑う姿に一瞬見惚《みと》れていたが、改まって言葉を返す。

紫釉の前ではよく見せている笑顔。

劉偉に向けて見せてくれることがない笑みを、今彼女は浮かべていた。

それが酷《ひど》く劉偉の胸を熱くさせたのだった。

「珠玉様にはどのようにお伝え致しましょう」

「誤魔化せないとは思いますが、自分を劉《りゅう》と呼ぶようにお伝えしましょう。玲秋様もそのように呼んで下さい。それであれば……呼びやすいのではありませんか？」

僅かに顔を近寄らせて尋ねられた玲秋は、改まって考えてみて小さく頷《うなず》いた。

「そう……ですね。では、劉……至らぬ主ではありますが、よろしく頼みます」

「御意に」

昼まで玲秋は珠玉と遊び、昼食を共にする。それから珠玉は学問や稽古の時間となる。玲秋は共に学ぶこともあれば、邪魔にならないよう退出する時もある。

明翠軒を出た先の道を歩く。以前は出歩いていた妃嬪《ひひん》の姿が全くない後宮は物寂しく、誰も住んでいない建物には不気味さすらあった。

紫釉が皇帝となる前から後宮で暮らしてきた玲秋は、誰も居ない建物を見ながらかつての光景を思い出す。

後宮は果てしなく広い。端から端まで歩けば一日では足りないほどで、移動には輿《こし》か、中には羊車《ひつじぐるま》を使う妃もいた。主に皇族や皇帝の寵愛《ちょうあい》を受けた者にだけ与えられるものであったため、玲秋はほとんど使ったことはない。玲秋の暮らしていた紀泊軒《きはくけん》は、後宮の隅に追いやられるように立っていた。老朽した屋敷は塗装も剝がれ華やかさは欠片《かけら》もなかった。今は移動し、そこで過ごしていないが、今も変わらず建物は残されているだろう。

凰龍城《おうりゅうじょう》には妃や皇帝の子息だけではなく、皇族の住まいもある。だが、皇族の区域は厳重に管理されており、出入りすることは容易《たやす》くなかった。

紫釉や珠玉から話を聞くことはほとんどないが、皇族の住まいである建物には彼らの姉や遠戚が住んでいるのだ。彼女らには妃のように帰る場所もないため、紫釉が皇帝となってからも、変わらずその区域で暮らしている。

珠玉と紫釉には姉が四人いた。更に珠玉の後に生まれた女児もいたのだが、その子は暫《しばら》くして亡くなったと聞いている。

四人の姉に関しては、一人は病で亡くなった。もう一人は出家したと聞く。一人は珠玉同様に母を亡くし、太后が後見人となっているらしいが、後宮の片隅で暮らしているようだ。残りの一人も後宮で慎《つつ》ましく暮らしているらしいものの、その姿を見たことはない。

いずれにせよ、姉達は皆、後宮で生まれ後宮で生涯を終える定めにあった。

徐欣《じょきん》の息子は三人。長男巽壽《そんじゅ》、次男の喜瑛《きえい》、そして紫釉。喜瑛は幼い頃より対立国である梁国《りょうこく》に人質のような形で住まわされており、汪国を離れていたと玲秋は聞いている。先日の中秋節で訪問する以前に、彼が汪国に戻ってきたという話を聞いたことがない。

「……劉。この後予定もありませんし、よろしければ後宮内を散歩しませんか？」

「かしこまりました。どちらに参りますか？」

「御花園《ぎょかえん》へ。今の時期に咲く花が終わってしまえば冬の季節になります。その前に御花園の花を楽しみたいのです」

御花園は、後宮内にある広大な庭園だ。庭師により珍しい花や季節の木々が植えられた場所である。徐欣がいた頃は、よく御花園で酒宴をしていたことも思い出す。その時は妨げになるからと、宦官《かんがん》に出入りを禁じられていたこともまた思い出した。

「問題ありません」

「では参りましょう」

二人で並び、御花園までの長い道を歩く。歩幅を合わせて歩く劉偉から話しかけられることはない。彼はこのような穏やかな場所でも、玲秋を襲うような者がいないか常に警戒をしているのだ。

周囲を見渡しても、人の気配は一切ない。まるで二人しか世界に居ないように物静かだった。

暫《しばら》く黙って歩いて行けば、御花園の中の楼閣が見えてくる。景色を愛《め》でるために建てられたそれは、遠目にも朱色の華やかさに目を奪われる。更に近付けば草花の良い香《い》りがしてきた。

「……見事なものだ」

感嘆した声が劉偉から漏れた。

まず目に映ったものは、赤黄色に染まった木々の葉である。紅葉《もみじ》の時期が終わり、色づいた葉が風に乗って舞い落ちている。

少し歩くと、緑葉が綺麗《きれい》に揃《そろ》えられた空間に辿《たど》り着く。そこには色彩を意識して植えられた秋の花が並んでいた。

竜胆《りんどう》、大毛蓼《おおけたで》、秋櫻《あきざくら》、石蕗《つわぶき》……花の種類は幾多も存在するが、庭の広さから色がひしめきあうことなく、美しい景色を映し出していた。

劉偉は後宮に何度か足を運んでいるが、庭を訪れることは一度もなかったため、初めてこの景色を目の当たりにした。贅《ぜい》を尽くす徐欣に嫌悪を抱いていたが、この花々や紅葉の彩る美しさには感嘆した。

玲秋は久し振りに訪れた御花園が美しく残されている事に安堵《あんど》した。官女や使用人の人数が大きく変わったため、御花園の管理も損なわれてしまうのではないかと危惧していたのだ。

「ここは変わらないようで安心しました」

柔らかな声色で、独り言のように呟《つぶや》く玲秋は歩調をゆっくりさせながら花壇の前を歩く。時折花に近付き香りを楽しむ様子を、劉偉は見つめ、そして思う。

赤い竜胆の花を楽しみながら微笑《ほほえ》む玲秋の髪に、その竜胆を飾ればどれほど美しいだろうか。否、赤よりも白の竜胆が似合うだろう。

ふと、そのような考えに気付いて口を開く。

「玲秋様は秋のお生まれですか？」

「はい。夏から秋にかけての時季に生まれたと聞いています」

そうか、と劉偉は玲秋を見つめる。

秋に生まれた彼女には、秋の花が良く似合う。

だからなのだろうか。

秋の花に囲まれた玲秋が、とても美しく、まるで仙女のように見えるのだ。

御花園は桃源郷の如《ごと》く美しい場所だと誰かが言った。ならば今見える景色はまさしく、桃源郷そのものなのだろう。

そんなことを劉偉は想《おも》い抱きながら、口を閉ざし玲秋の姿を見つめていたのだった。


劉偉が侍衛となって数日が経《た》ったものの、不穏な動きは一切ない穏やかな日々が続いていた。

何日か共に過ごしていれば、劉偉が護衛として傍《そば》にいる事に玲秋も多少は慣れてきた。だからと言って気軽にやりとりが出来るというものでもないが。

護衛として仕えている合間にも、大将軍としての仕事も果たしているのだから、頭が上がらない。若くして大将軍の職に就いた彼は軍事における才能は無論のこと、政務に関しても優秀なのだ。

どうしても果たさなければならない職務がある場合は、玲秋の屋敷で彼が仕事をすることもあった。その間、玲秋は琴《きん》を弾いたり刺繡《ししゅう》をしたりして時間を潰《つぶ》す……そんな場合もあった。今日は琴の練習をしていた。

「以前も聞いたが、貴女《あなた》の琴は心地好《よ》い」

「恐れ入ります」

日頃は言葉遣いに気を付けているが、屋敷で過ごす際は普段に戻る。

竹簡を読み終えると劉偉は簡潔に指示をしたため、それを外で待つ官女に渡す。

劉偉は少しだけ身体《からだ》を解《ほぐ》すために伸びをする。

「お茶を淹《い》れましょうか」

玲秋の言葉に顔をあげた劉偉が苦笑する。

「侍衛に茶を淹れる主人などいないぞ」

「それはそうですが……」

「貴女は大人しく護《まも》られていて下さい。誰かいるか」

部屋の中で僅かに声を発すれば、使用人の一人が頭を下げて現れた。

「茶を淹れてくれ。三つ」

使用人は頭を下げてその場を去る。三つという言葉に玲秋は首を傾《かし》げるが、劉偉は何も気にした様子はない。

劉偉は立ち上がると、琴の前に座っていた玲秋の元に近寄ってきた。

調弦を繰り返していた玲秋が顔をあげて劉偉を見つめる。

「共に休まないか？」

劉偉の誘い方に少しだけ笑って頷いた。

「かしこまりました」

少しすれば使用人が茶を運んでくる。劉偉は手を付けず、茶碗《ちゃわん》を眺め、匂いを確認する。それから茶碗が華やかな物を使用人に手渡した。「これを飲んでみろ」とだけ告げる。使用人も玲秋も目を大きく開く。劉偉は毒が盛られていないかを確認しているのだ。

使用人は緊張から震える手で茶碗を手に取ると、恐る恐る飲み干した。空になった茶碗を見ると劉偉は納得した様子で頷く。

すっかり萎縮《いしゅく》した使用人はカタカタと手を震わせながら玲秋と劉偉の前に茶碗を並べるものだから、玲秋には少し彼女が憐《あわ》れに思えた。今までここで過ごしていて、毒を確かめるようなことをしたことがなかったのだ。

(駄目ね……以前毒を盛られて死んだというのに)

一度目の死は、珠玉が贈り物として渡してくれた饅頭《まんとう》を毒入りであることも知らず、食べたからだった。

(あの時、劉偉様のようにしっかりと確認していれば……あのような事態にもならなかったのでしょうか)

仮説で考えてみたが、玲秋は首を横に振る。恐らく無理だろう。玲秋には毒が含まれているか否かなど、匂いを嗅いでも分からない。劉偉のように誰かに毒見を頼むことも出来なかった。

それに、当時の玲秋は毒を盛られるなど、考えもしなかったのだ。邪魔者として扱われ、珠玉の亡き母の故郷、高州《こうしゅう》へ行くことを命じられていた珠玉と、徐欣に相手にされることもなく忘れ去られていた妃の玲秋を、誰がどうして殺そうなどと思うだろうか。

「どうした？」

訝《いぶか》し気に声を掛けられ、玲秋はハッとして顔を劉偉に向けた。

「失礼いたしました」

慌てて玲秋が座る。茶碗に触れれば温かく、良い香りがした。

手に取り、思わず先ほど劉偉がしたように匂いを嗅ぐが、勿論《もちろん》毒の匂いなどするはずもない。

玲秋の行動を眺めていた劉偉が小さく笑う。

「毒は茶に入れるには匂いが強い。無味無臭の毒などほとんどないからな。その茶には何も入っていない。安心するように」

「そうなのですか……」

ではなぜ先ほど調べたのだろう、と思っていれば。

「人は気を緩める生き物だ。時に気を引き締める必要がある」

それだけ言うと茶をゆっくりと啜《すす》る。玲秋は黙って見つめていたが、自身もゆっくりと茶を飲んだ。

温かな湯が喉を通り、腹に納まっていく。香りも良いはずなのに、どうしてか緊張してあまり味がしなかった。

「……悪かった。茶を不味《まず》くさせたな」

玲秋の眉間に皺《しわ》が寄せられていたことに気が付いて、劉偉が謝罪の言葉を投げる。玲秋は慌てて首を横に振った。

「そんなことはございません。その、驚いてしまいまして……ええ。お茶は美味《おい》しいですが、毒が含まれているかなど、考えたこともございませんでした」

「そうか」

「劉偉様。たとえば食べ物に含まれている場合はどうすればよろしいでしょうか」

以前食べた毒入り饅頭を思って尋ねれば、劉偉は真面目な顔をして考える。

「皇族の食事では必ず毒見をさせる毒見役がいる。あとは銀針を使う。銀は毒に反応するため、色が変わらなければ毒がないと分かる」

「そうなのですね……」

皇族、と劉偉は言っていたが、今まで珠玉と共に食事をした時に、そのようなことをしている様子は一度も見た事がない。

「紫釉様には必ず行っている。それ以外にも服、飾り等身に着ける物の確認をするし、寝所にも常に確認と護衛を行う者がいる」

「まあ…………」

　玲秋の想像を超えた徹底加減に感嘆の息が漏れる。同じ皇族である珠玉も、使用人や官女は多く手厚いと思っていたが、どうやら桁が違うようだ。

　驚いた様子を見せる玲秋に苦笑しつつ、劉偉は茶をもう一度口に含む。そして玲秋に向かって「今度、また茶を淹れてもいいか？　少しは自信がついたと思う」と言ってくる。

　玲秋は以前充栄の元で、劉偉に茶を淹れて貰《もら》ったことがあったのだ。姉である充栄に「劉偉に茶の淹れ方を教えて欲しい」と言われ、彼と共に茶を淹れたひと時を思い出す。

　玲秋が茶の淹れ方を教えている間、劉偉はひたすら黙ってそれを聞いていた。いざ淹れてみると、「なかなか思うように出来ないな」と苦笑していた。飲んでみればそれは、確かに少し茶葉の苦みが残っていて、玲秋は劉偉に対し、彼にも不得手とすることがあるのだと驚いたことを覚えている。

　劉偉は玲秋のように淹れられる自信がないと、困ったように笑って言っていたのだ。

　その劉偉が、「少しは自信がついた」というのだから、玲秋は嬉《うれ》しくなってふわりと微笑んだ。

「勿論でございます」

　玲秋の返事に、劉偉はゆっくりと頷《うなず》いた。その顔を僅かに赤らめながら、彼はまたゆっくりと茶を飲む。

時間が経って温《ぬる》くなった茶は美味《うま》い。玲秋は少しだけ緊張していたようで、茶の温かさに体が解れた。

「……毒といえば、以前皇太后に送られてきた物を其方《そなた》が食い止めたことがあったな」

劉偉の話は、玲秋が蓮花《れんか》と名乗り、皇太后──充栄の屋敷《やしき》で官女として過ごしていた時のことだ。

「芥子《けし》を含んだ香だったか。よく気付いたな？」

「……偶然にございます」

当時の玲秋が疑問に思ったのは、過去の記憶があったからだ。

過去、官女であった明琳《めいりん》が激しい拷問をされていたことを思い出したからであって、玲秋とて本当に毒が含まれているだなんて思いもしなかった。

「姉にも毒見役はついている。今後は榮來《えいらい》様が大人と同じものを食すようになれば、あの子にも同じように毒見役はつくだろうな」

「そうですよね……」

乳母による乳だけではなく、最近は果物や柔らかくした米を口にしているという。近頃は前歯も生えてきている。そろそろ固形物を中心とした食事に変わる。それだけ暗殺の機会が増えてしまうのだ。

「案ずるな。姉と甥《おい》、そして其方のことも……必ず護ると約束しよう」

「劉偉様……………」

彼の言葉には嘘《うそ》偽りを感じない。大きな自信に満ち溢《あふ》れていた。

これが、若くして国の大将軍となった紹劉偉の本質なのだ。誰もが惹《ひ》きつけられるような迫力と、言葉の重さ。

「…………将軍のような素晴らしい方が、紫釉様をお支え下さっていることを、大変心強く思います」

茶を飲んでいた劉偉の手が止まる。

「……そう思うか」

「はい。とても」

「そうか……………そうか」

劉偉は視線を逸《そ》らし、外が見える窓を見据えた。

その頬と耳は赤い。だが、何処《どこ》か表情は憂いを帯びていた。

「……茶のお代わりはいるか？」

「ああ、えっと……」

「誰か」

視線を外したままに劉偉が声を掛ければ、別室から人が入ってきた。

その瞬間、劉偉が立ち上がったため、玲秋は驚いて彼を見た。彼の手は腰に掛けていた刀をいつでも抜けるように構えていた。

一瞬生まれた警戒は、間もなく解かれた。

「何故《なぜ》……貴方《あなた》がいらっしゃるのですか……」

そんな呆《あき》れた声と共に劉偉が着席する。

入室したのは、官吏の衣装を着た男性だった。目元まで深く帽子を被《かぶ》っているが、その姿を見間違うはずがない。

「……紫釉様……？」

そこには何故か、紫釉がいた。


「陛下……貴方は後宮を自由に出入りできる御方なのですから、そのように変装せずともよろしいのではないですか？」

「私が出入りしているとなれば周囲が騒がしくなる。それに、玲秋にまで視線が向けば自《おの》ずと護衛の姿にも目が向くであろう？」

護衛。すなわち劉偉のことだ。

確かに、暗殺の騒動があって以来、常に傍に立つ長身の侍衛の姿は目立つ。それでは護衛をしている意味がない。

「玲秋。大事ないか？」

「えっ、はい……紫釉様もお変わりございませんか？」

「勿論だ」

日頃の荘厳な衣装と違い、官吏の衣装を纏《まと》った紫釉は質素な様相ではあるものの、整った目鼻立ちを隠せるものではない。むしろ、紫の美しい瞳が余計に目立っているような気さえする。

玲秋は混乱した。

護衛の恰好《かっこう》をした劉偉と、官吏の恰好をした紫釉に、挟まれるような形で茶を飲んでいる現実に混乱していた。

「執務に滞りは？」

「今のところは問題ない。其方が護衛の合間に指示を出してくれるから、大きく遅れは出ていない」

「そうですか。それと例の話ですが……」

劉偉が紫釉と共に話を始める。聞いていても玲秋には理解が難しいような内容を、当たり前のように二人は話し続けている。

二人の様子を眺めながら玲秋は思う。

(私に出来る事があれば良いのに……)

命を狙われる身だと言われても、どうしてと思う。紫釉にとって大切な人だからと言われれば、そこは否定しない。

玲秋とて、焦ってはいた。殺されかけたあの日の事は忘れていない。首を押さえ締め付けられた息苦しさ。死にたくないと足掻《あが》いた、あの恐怖を。

「玲秋?」

名を呼ばれ、慌てて顔をあげれば心配そうに紫釉が玲秋を見つめていた。

いつの間に近くで見つめられていたのだろう。

「どうした?」

「申し訳ございません。考え事をしておりました……」

「考え事……」

紫釉は暫《しばら》く玲秋を見つめると、席から立ち、玲秋の手を引いた。

「紫釉様?」

「散歩に行こう。劉偉、少し席を外すぞ」

「どちらに行かれるのですか」

「すぐに戻る」

伝えるや否や、玲秋は手を引っ張られる形で紫釉と共に屋敷を出ていった。

部屋に取り残された劉偉は、驚いて立ち上がっていた腰を勢いよく座らせる。ふう、と溜息《ためいき》を一つ。

何故か、胸が痛む。

「……毒でも入っていたかな」

自嘲めいた独り言を吐いて、ぐいと茶を飲み干した。


「紫釉様……！　一体どちらへ」

「ここだ」

紫釉に引っ張られる形で辿《たど》り着いた場所は、自身の暮らす屋敷、翡翠軒《ひすいけん》にある小さな庭だった。建物の裏にあり、人通りが少ない。僅かな秋の花々が可憐《かれん》に咲いていた。

立ち止まった紫釉の手は玲秋の手を握ったまま離さない。

ぼんやりと風景を見つめていると、ぎゅっと手を握り締められた。

「紫釉様……？」

「二人で花を見ると、私はあの頃を思い出す。玲秋と初めて出会った屋敷だ。覚えているか？」

初めて出会った屋敷。それはつまり、一度目の生の時だ。

「はい。覚えております」

あの頃はまだ、何も知らなかった。珠玉と共に高州に送られる日を待つしかなかった日々。それでも楽しかった。質素な暮らしながらも珠玉と共に過ごしたあの頃。

「紫釉様は突然いらっしゃいましたね。客人など滅多に訪れない場所でしたから、一体どのような御用なのかと驚いておりました」

「……何の因果だろうな。それまで興味もなかった妹に関心を抱いたことがきっかけだった。私も木偶《でく》の皇帝として生きていくことが定められていた身で、誰かに救いを求めていたのかもしれない。そうして出会ったのが玲秋だ」

玲秋の手を握り締めていた紫釉の手が僅かに離れると、優しく手の甲を撫《な》でた。

「玲秋。何を思って憂えている？」

「紫釉様」

「顔を見れば分かる」

そう告げてから、ふっと紫釉は笑った。

「何年……玲秋を想《おも》い見つめてきたと思う。言葉を交わす日は少なくとも、誰よりも其方を知っているつもりだ。自惚《うぬぼ》れでなければ、だがな」

額にこつりと紫釉の額があたる。鼻先が触れるほどに近付いて見つめてくる、宝石のように美しい紫の瞳が、玲秋を捉える。

「玲秋」

そして、名を呼ばれる。

「……………私にも」

「うん」

「私にも何か、お手伝い出来ることがあればと思っておりました」

「…………そうか」

「紫釉様も劉偉様も、お務めを果たしながらも私の身をお守り下さっています。にも拘《かか》わらず、私はお二人を手伝えるようなことも見つからず……歯痒《はがゆ》いばかりです」

玲秋は話しながら、己の無力故に徐欣の墓で珠玉と共に殺された時のことを思い出した。

何一つ己に出来ることがなく、頭《こうべ》を垂れて劉偉に対し珠玉の命乞いをするしかなかった。

そして、無力のままに死んだ。

生まれ変わった生に感謝し、どうにかして珠玉が助かる術《すべ》がないかと足掻いた。足掻いた結果、珠玉の命は救われた。けれどそれは、紫釉や充栄がいたからこそ出来たこと。玲秋一人では何一つ叶《かな》えられなかっただろう。

「玲秋の想いは分かる。私とて……そのように歯痒い想いを抱いたことがあるからこそ、余計に」

「紫釉様……」

「けれど今は……どうか護《まも》られていてほしいんだ」

玲秋の手を握り締めていた手が解かれると、強く身体《からだ》を抱き締められた。息苦しいほどに強く、紫釉の身体が玲秋を包み込む。

「其方《そなた》が殺されかけた時にも伝えたが、私は分からない未来が……其方を三度失うことが恐ろしくて仕方がない。その結果、其方をこうして後宮という鳥籠に閉じ込めてしまっている。だが、後宮の中ですら玲秋の命を狙おうとする者がいる。だったら玲秋が動けないよう、鎖で繋《つな》いで……閉じ込めてしまいたいとさえ、思っているんだ」

顔は見えなかった。

紫釉がどのような表情で語っているのか玲秋には見えない。抱き締められた体温と鼓動だけが伝わってくる。

「玲秋の想いは分かっている。其方は優しいから……いつも誰かのために身を挺《てい》してくれるのだ。それが其方の良きところでもあり、私にとって少し……腹立たしいことでもあるのだよ」

「え……？」

「其方は私以外の誰かのためにも、同じように身を挺するだろう？　珠玉や皇太后、榮來。

今なら劉偉もだ」

「紫釉様……？」

顔をあげて表情を見たいと思ったのに、そんな玲秋をかわすように紫釉が額に口づけてきた。

「今は辛抱してくれ。其方の身を守ることが、其方の今為《な》すべきことである」

「…………かしこまりました」

はぐらかされたように感じるが、紫釉の言葉はしっかりと玲秋に届いていた。

「……とはいえ、こうして其方を縛り続けていれば、其方自身の望むことが出来ないのも確かだ。だから……少し考えさせてほしい」

抱き寄せていた身体を僅かに離せば、紫釉は優しく玲秋の髪を撫でる。

「以前、後宮において其方にしか出来なかったことがあったように、今後玲秋にしか出来ないことが生じるだろう。その時まで待っていてくれるか？」

以前と言われ思い出したのは、後宮で蓮花と名乗り充栄の命を守るために奔走した日々だった。あの時は確かに、後宮に立ち入れない紫釉や劉偉の代わりに玲秋が出来ることを精一杯やっていた。

今、何か出来ないかと焦っても、かえって余計に不安になるだけだ。ならば紫釉の言うように、己に出来ることがある時、その役目を果たすことを目指すべきなのだ。

「はい……お待ちします。私は私の為すべきことを果たします」

「うん……」

紫釉の指が頬を優しくなぞる。その指が顎に触れ、僅かに玲秋の顔をあげる。

紫色の瞳と目が合うと、その瞳は何を求めているのか物語っていた。

玲秋はゆっくりと目を閉じた。

唇に柔らかな感触が当たる。

触れるだけの口づけと、これ以上ないほどに愛情を感じながら。

玲秋は紫釉の唇を受け止めた。

三章　抓周

空気の澄んだ空に木枯らしが吹き付ける。色づいていた木々は風によって葉を揺らす。

冬がやってきた。

人々は冬に備え蓄えた薪を使い寒さに耐える。薄暗い灰色で覆い尽くされた空からは時折雪が落ちてくる。積もるほどではないが、本格的な冬の訪れは時間の問題だろう。

縮こまる体をぶるりと震わせ、玲秋《れいしゅう》は厚手の布団から身を出した。朝の訪れだが、日が経《た》つにつれ肌寒さで寝台から出るのも億劫《おっくう》になってくる。

今でこそ厚手の布団に包まれて眠ることが出来るが、以前は薄手の平べったい布団しか与えられていなかったし、幼少の頃に至っては火が消えた薪の前で使用人が集まって眠っていた。

「おはようございます、玲秋様」

部屋を出れば、既に朝支度を始めていた祥媛《しょうえん》がいた。

「護衛の方は外でお待ちですよ」

顔を洗った後、着替えを手伝って貰《もら》い、次に髪を梳《と》かしていると、思い出したように祥媛が伝えてくる。

季節が秋から冬に変わっても、首謀者は見つからなかった。また、玲秋に再度暗殺の手が及ぶかと警戒をしていたが、それもなく日々は過ぎていった。

「もう、大丈夫ではないでしょうか?」と玲秋が聞いても、劉偉《りゅうい》は「油断をしている時こそ危険だ」といって護衛を辞めることはなく、今に至っている。

次第に劉偉が傍《そば》にいることが当たり前の日常が続いていった。

玲秋は支度を終えると屋敷《やしき》の戸口に行き、そっと扉を開けた。

扉の前にはいつものように劉偉が立って待っていた。すっかり護衛の服が身に馴染《なじ》んだ彼は、玲秋を見下ろすと静かに微笑《ほほえ》んだ。

「おはようございます」

口元から吐かれる息は白い。

「おはよう。寒いでしょう、こちらへどうぞ」

周囲を窺《うかが》いながら劉偉を中に招き入れる。よく見れば劉偉の耳と鼻がほんのり赤かった。彼の瞳とお揃《そろ》いになる。

中に入れば、劉偉は帽子を取り、定位置となった飾り棚の上に置いた。

近頃は玲秋と劉偉で朝食を摂《と》っていた。男女が共に食事をするなど、本来なら到底あり得ないことなのだが、毒が盛られているか否かを確かめるのに劉偉が不可欠なため、毎食共に食事を摂っている。

（こうして劉偉様とお食事をしていると……かつての屋敷を思い出す）

思い出すのは一度目の生で暮らしていた、辺境の地にあった屋敷のこと。

珠玉と共に寂れた家屋で暮らしていた玲秋の元に、時折劉偉が訪れてきたのだ。

その時は今のように卓を囲んで茶を飲んでいたが、当時の玲秋は緊張から何の会話をしていたかなど、あまり覚えていない。

「そうだ。榮來《えいらい》様の抓周の日取りが決まった。十日後になった」

「お早い日取りですね」

抓周とは、生まれて一年が経った赤子が行う儀式で、占いの一つとして行われていた。いわゆる才能を占う儀式であり、赤子の前に職業や才能にまつわる品物を置いて、どれを手に取るかで将来を占うものだ。

汪国《おうこく》では男児の皇族にのみ開かれる祭事のため、珠玉が一歳の頃に行った記憶はない。

護衛の合間に劉偉から抓周を行う話は聞いていた。珠玉も見たいと大喜びしていた。抓周は大掛かりな国の行事というわけでもないため、汪国の皇族と紹《しょう》一族の者、他に官吏が僅かに参加するという小規模なものである。

話によれば、普段政《まつりごと》に顔を出さない太后慈江《じこう》や、隠居をしていた充栄《じゅうえい》と劉偉の父も参加するという。

また、中秋節の際に梁国《りょうこく》から訪れた喜瑛《きえい》も参加するという報《しら》せが来ていた。徐欣《じょきん》の頃はほとんど接点が無かった彼は、幼い頃に彼の母の一族の謀反によって国を追われ、使節団の一人となって幼い頃から梁国で暮らしていたが、皇帝が紫釉に変わったことにより再び交流が始まっていると聞く。徐欣では為し得なかった梁国との貿易交流を始めているのも理由の一つだろう。

「招待客を考えれば存外大掛かりになりそうだ。其方を護衛することを考えれば、離れているよりは傍にいてもらう方が有難《ありがた》いとは伝えただろう？」

「はい……」

紫釉は元より劉偉も抓周の行事に参加しなければならない。彼等《かれら》は榮來の親戚にあたるからだ。

そうなると問題なのが、玲秋の護衛だ。

他の護衛に任せても良いかもしれないと玲秋は思うのだが、皇族の行事が行われるため警備の人手が不足する。

その隙を狙って暗殺の機を窺っているかもしれない、というのが劉偉と紫釉の見解だった。

「紫釉様と話をして、出来れば其方も参加できないかと考えていた。そこで出た案が、珠玉様の官女としての参加だ」

「珠玉様の？」

珠玉も参加する行事で、かつ珠玉は幼いため官女も必ず付き従う。その官女の中に玲秋を加えるということだ。

「とても名案なのですが……珠玉様が落ち着かなくなってしまうかもしれませんね……」

「言い聞かせる他ない。如何《いかん》せん、珠玉様は其方を母のように慕っているからな……」

劉偉が苦笑する気持ちが分かる。

そろそろ五つになる珠玉は、他の子と比べると賢い。公女として相応《ふさわ》しい教育を始めている珠玉は既に文字を覚えており、詩をそらんじるようにもなっていた。しかし、甘えられる玲秋が傍にいる時だけは年相応の幼さを見せるのだ。

「他には其方を何処《どこ》かに閉じ込めるといった術《すべ》もあるのだが……裏で誰が糸を引いているかも分からないため、出来れば傍に置きたい」

劉偉の赤い瞳が真っ直《す》ぐに玲秋を捉える。

「かしこまりました。珠玉様には今から伝えて……行事の作法も踏まえ練習致します」

「すまない」

「いえ……不謹慎にはございますが、榮來様の立派なお姿や珠玉様の晴れ姿を見られるのですから、贅沢《ぜいたく》にございます」

「……其方《そなた》は本当に」

劉偉は目の前に座る女性が仙女なのだろうかと、冗談ながら考えてしまった。私利私欲を一切捨て、己の愛すべき幼い子ども達の傍に居られることを心から喜んでいる。

玲秋には己に対する欲が無い。自身を飾ることや、自身の欲のままに行動することが無い。更には野心も無い。他人を思いやる心しかない。そんな人間がこの世にいるのかと、目の前に存在しながらも疑ってしまう。

(徹底した考えは呪いにも近いな)

劉偉から見れば、あまりにも自身に対し無欲な玲秋が不思議でならなかった。彼の知る女性は誰もが私欲を隠し持っていた。劉偉の地位を目当てに言い寄る女も多い。

玲秋とて人だ。彼女自身にも欲を抱くことはあるだろう。だが、それが劉偉には一切見えないというだけの話なのだ。

不思議議と眉間に皺《しわ》が寄る。

(不快に思うな)

紫釉を狭量と評した言葉が、そのまま己に返ってきているような気がした。

「玲秋も抓周に来るの？」

「はい。ただ、大事な行事ですので、いつものように珠玉様のお傍にいますよ」

夕刻の頃。少し早くに沐浴《もくよく》を終えた珠玉の髪を櫛《くし》で梳かしながら、玲秋は事の説明をした。まずは珠玉に事情を伝えることが大事だと思い、劉偉から話を聞いた日の内に、こうして珠玉に会いに来た。

珠玉は髪を梳かされている間、黙り込む。玲秋は止めて珠玉の顔を覗《のぞ》き込んだ。

「珠玉様？」

「……………玲秋また怪我《けが》しない？」

玲秋は目を大きく開いて珠玉を見た。珠玉は中秋節の時のことを言っているのだ。

珠玉の身を隠し、その間に玲秋が襲われていた時間。珠玉にとって、それがどれほど恐ろしかったのか……玲秋はちゃんと分かってあげられていなかった。

（ごめんなさい……）

思わず珠玉を抱き締める。もう、怖い思いなどさせたくない。しかし、願い祈るだけでは叶《かな》えられないことを、玲秋は嫌というほど知っている。どれだけ願い叫んでも、命は呆《あっ》気《け》ないほど簡単に失われてしまうのだ。

「大丈夫です。紫釉様も劉偉様もいらっしゃるから……必ずお助け下さいます。私も珠玉様も危険な目に遭わないために、私も抓周に参加した方が良《い》いと、紫釉様達が考えて下さったのです」

「兄さまが？」

「はい。また私が襲われたりしないように、抓周《そうしゅう》では官女の恰好《かっこう》をして隠れています。もしバレてしまうと危ないので、珠玉様にも私を玲秋と呼ばないように気を付けて頂かないといけません」

「玲秋が官女になるの？」

「ええ。その日だけ余夏《よか》のように官女としてお仕事をします。それは、危ない目に遭わないために大事なことなのです」

珠玉が納得し、理解するまで何度となく会話を繰り返した。優しく頭を撫《な》でながら、大丈夫だと言い聞かせるように何度も何度も。

「分かった。玲秋も抓周にいるけど、玲秋って呼んじゃいけない。内緒だね」

「はい。内緒です」

不安を搔《か》き消せた珠玉は明らかに安心した表情を見せて笑う。その表情を、玲秋は胸を痛めながら見つめていた。

（穏やかに笑ってくださる日々が続いてほしい……）

そのために、自分に一体何が出来るのだろうか。

そう考えない日は、無かった。

抓周の日は瞬く間に訪れた。

外朝の役人らは少しせわしない動きで宴《うたげ》の間の支度に勤《いそ》しんでいる。

紫釉と劉偉は早々に朝の執務を切り上げ、行事に向けて服装を整えていた。

玲秋もまた抓周の会場となる絢鳴宮《けんめいきゅう》に向かう。絢鳴宮は皇帝との謁見や宴を催す際に使われる広々とした建物だ。後宮の門の近くに建てられているため、後宮の妃嬪《ひひん》が顔を覗かせる機会が最も多かった場所でもある。

余夏の手を借りながら官女の服に着替え、髪を束ねる。元より多く付けていない装飾も全て外し、目立たないような化粧を余夏にしてもらう。仕上がってみれば、知己の間柄でもない限り玲秋だと分からない様相になった。

（蓮花《れんか》の頃とはまた別人ね……）

装束や化粧によって姿が変わって見えることは、蓮花になっていた頃によく分かったが、前回は目立つように着飾っていたものを、今回は目立たないように変えている。

「玲秋様。お名前は何と致しますか？」

「蓮花で構いません。蓮花を知る者もほとんど後宮を出ているので知る人は限られていますから」

「かしこまりました。では蓮花、参りましょう」

余夏の言葉に頷《うなず》き、玲秋は屋敷の外に出る。

普段、立ち入ることがない後宮の門を通る。既に衛兵に話は済ませているため怪しまれることはなかった。

門を通り抜けてから絢鳴宮の横に建てられた使用人の建物の中に入る。

部屋に出た瞬間から、玲秋は蓮花であり、官女の一人である。建物の廊下を足音を立てないよう進み、配膳をする使用人達が慌ただしく仕事をする隙間をぬって、二人は宴の間へと赴いた。

賑《にぎ》やかな声がそこら中から聞こえてくる。着席している人数は二十人ほどだろうか。中央に皇太后充栄と、彼女の膝に乗る棨來。また、棨來の傍《そば》に珠玉の席があった。彼女達を囲むように大人達の席が並んでいる。

皇帝たる紫釉は充栄の隣に腰掛けている。その隣に侍中、続いて六人の長官らが着席していた。

紫釉とは反対側の隣に座るのは充栄の父らしき人物だ。よく見れば顔つきが劉偉に似ていた。穏やかな笑みを浮かべながら棨來の様子を見つめている。

更に隣に並ぶ女性を見て、玲秋には緊張が走る。初めて顔を拝見するというのに一目でわかったその人は、太后慈江である。元皇帝徐欣の母にして紫釉の祖母にもあたる彼女は、病気で臥《ふ》せりがちであり、滅多に表舞台に出る事はなかった。その彼女がこうした祝いの席に出るのは一体何年振りなのだろうか。

紹一族が着席する端に劉偉、そして一番端に見知らぬ若い男性が座っていた。

「あの方は紫釉様の次兄、喜瑛様です」

他に聞こえないよう、余夏が玲秋にだけ聞こえる声で教えてくれる。

（あの方が……紫釉様の）

穏やかに笑みを浮かべながら酌を交わす男性は、何処か大人しそうな印象を受けた。

余夏は珠玉の官女として傍で待機する役目がある。玲秋はあくまで偽装で並んでいるにすぎないが、立っているだけでは不審すぎるため、雑用を見つけては手伝うようにしていた。

宴の間の中央に幾つかの道具が置いてある。抓周で使うもので、筆や剣、豆袋や貨幣などである。赤子がハイハイをして移動し、何を一番に手に取るかで将来の職業や才能を占うのだ。

紫釉が立ち上がり参加している者に言葉を掛ける。その声を広間の端で玲秋は聞いていた。凛《りん》と通る声は穏やかでいて重みがある。榮來と充栄に祝いの言葉を贈り、参列する者に楽しんでほしいと伝えれば、全員が小酒杯《こさかずき》を持ち乾杯と声を掛けた。

宴が始まれば賑やかさは更に増す。酒を注ぎ、空いた皿を下げて新しい料理を置く。玲秋も他の官女と合わせて手を動かしていると、ふと視線に気づき顔をあげる。

見れば紫釉が玲秋を見ていた。

正装した紫釉は皇帝らしく龍袍《りゅうほう》を着ていた。黒の布地に龍の刺繍《ししゅう》が美しく施されている。本来皇帝は黄色の衣を纏《まと》うのだが、仮初の皇帝であるという意志もあり、紫釉は黄色の衣を着用しない。皇帝の威信に関わると忠言されるが、紫釉は頑《かたく》なにこれを拒んだ。

榮來の服は皇太子が着る琥珀《こはく》色の龍袍だ。彼の成長に合わせて繕わせたものだが、少し大きいのか袖を捲《まく》っている。

(紫釉様)

普段見る彼と違う皇帝らしい服装の紫釉に胸を弾ませながらも、動揺を見せてはならないと気を引き締める。視線が重なれば、紫釉は僅かに笑みを浮かべてから視線を外す。

(これ以上、見つめられなくて良かった)

化粧ですら隠せないほど、顔が赤らんでしまうところだった。

少しすれば榮來と珠玉の傍が賑わい始めた。どうやら抓周が始まったようだ。

抱っこから降りた榮來がハイハイをしながら進んでいく。何を触るのか、物に近付く度に歓声があがる。榮來は肝が据わっているのか、周囲の歓声など物ともせず、ゆっくりと進むと、鞘《さや》にしっかりと入れて留め具をされた剣に手を触れた。

周囲から更なる歓声が湧いた。

「剣を取ったぞ！」

「勇ましい皇帝になられるようだ！」

剣は重くて持てず、紅葉のような手でそれを叩《たた》く幼子を充栄が迎えに行く。抱き上げると「頑張ったわね」と労《いた》わりの言葉を贈る。榮來は何も分かっておらず、母の頰をペチペチと触っていた。

その後も宴は続いていく。

少し時間が経過すると、ぐずり出した榮來と珠玉は宴を退出していった。余夏も珠玉の侍女としてついて行った。

残されたのは大人達だけだが、主役の榮來が不在であろうと盛り上がりを見せた。

食事は一品ずつ丁寧に出される。料理は味見役によって確認をした上で渡される。手伝いをしている玲秋にも分かるが、料理をする台所で毒見役が待ち、配膳の前に必ず毒見をした上で皿に盛っていた。

そうして料理を食べ、酒を飲み交わす。

紫釉の周りには常に人がいた。特に侍中は皇帝の身辺に侍するため、紫釉の代わりに話を聞くようにしている様子も窺《うかが》えた。

劉偉を見れば、喜瑛と会話をしていた。時折笑っている様子から、話が弾んでいるように見えた。

そう思っていたのだが、笑みを零《こぼ》していた喜瑛が咳《せ》き込み始めた。食べ物が詰まったのかと思い、玲秋は慌てて水を茶碗に入れて、彼の元に運ぼうと近付いた。

「劉偉様」

「ああ」

玲秋が運んできた茶碗を劉偉が受け取る。

「喜瑛様、こちらを……」

劉偉は喜瑛に茶碗を差し出すが、咳が止まらないらしく茶碗を持つこともままならない。

「すまっ……ない……っほ、げほっ……」

喜瑛の咳き込みにより、周囲の声が静まっていった。

明らかに尋常ではない咳だ。心配になり医師を呼ぼうかと思った瞬間。

ごぼりと、血《ち》が喜瑛の口元から零れた。

悲鳴が上がった。

官女らの悲鳴だ。

「誰か、医師を！」

張り裂けんばかりの大声をあげた劉偉が、その場で蹲《うずくま》る喜瑛を支えた。手に持っていた水を強引に喜瑛の口に含ませ、無理にでも吐き出させる。

毒を飲んだ時の処置を施しているのだ。

よく見れば喜瑛の顔色は血の気が失《う》せ、真っ青に変わっていた。ぜえぜえと呼吸が苦しそうに顔を歪《ゆが》ませる。

「これを」

紫釉が近づくと劉偉に何かの丸薬を渡す。劉偉は己の口にそれと水を含み、喜瑛へ口移しで飲ませた。

これ以上の悪化はしそうにないが、回復をするようにも見えなかった。辺りは騒然とし、混乱を招きかねない。

「宴は終わりとする。太后と皇太后はお戻り下さい」

紫釉がはっきりと伝えれば、周囲も少し落ち着きを取り戻し、太后は皇太后の使いと共に部屋を出て行こうとする。

「恐ろしいものじゃ……」

立ち去る寸前にぼそりと囁《ささや》いてから出て行く。皇太后は後ろに続きながらも劉偉を見据え、それから玲秋と目が合う。静かに頷くと黙って広間を出て行った。

ようやくやってきた医師が喜瑛を診る。彼の周囲に人が集まり、玲秋には何が行われているのかすら目にすることが出来なくなった。

「蓮花」

名を呼ばれ、驚いて顔を上げれば紫釉がいた。彼は急《せ》いている様子で、玲秋の耳元に唇を寄せて「急いで屋敷《やしき》に戻れ」とだけ言うと、すぐに身体《からだ》を離し、周囲に声をあげる。

「医師は兄上を診るように。必要とあれば部屋を用意する。残りの者は会議を開く！」

紫釉の声に周囲の人間は、返事をすると紫釉と共に部屋を移動する。医師と幾らかの者が喜瑛の救護を続けている。

玲秋はどうすべきかと躊躇《ちゅうちょ》したものの、何も出来ることがないと判断した。これ以上この場に留《とど》まっても邪魔になるだけだ。それに、この混乱に乗じて何が起こるか分からないからこそ、紫釉は屋敷に戻るように命じたのだ。

玲秋は急いで広間を出る。混乱の最中では、玲秋の行動を窘《たしな》める者もいない。

先ほどまでの喧騒《けんそう》が嘘《うそ》のように静まり返る後宮の中。

はぁ、と息を零す。指先は震えていた。

(ここで止まっている場合ではない)

頬を軽く叩き、己の屋敷に戻る。

少しばかり歩いた先に玲秋の暮らす建物があった。仄《ほの》かに灯《あか》りが点《つ》いていて、その灯りが玲秋の心を和ませる。

「玲秋様！」

屋敷の中から祥媛が出てきて、玲秋を迎え入れる。

玲秋を見た祥媛は思わず悲鳴をあげた。

「玲秋様、服に血がついています！　どこかお怪我《けが》を？」

「ああ、これは……安心して。私のではないわ」

気が付かなかったが、どうやら微《かす》かに喜瑛の血が付着していたらしい。

誰の血だ、とすぐに言葉にして伝えられなかった。

言葉に詰まっている間に祥媛は「急いで着替えましょう」と言い、玲秋の衣服を脱がせ始めた。

玲秋は震える手を握り締めながら、黙って立っていた。

（何が起きたというの……？）

喜瑛には何も変わった様子はなかった。他の者と同様に食事をし、酒を酌み交わしていた。誰もが同じように過ごしていたのだ。

しかし彼だけが毒を盛られ、血を吐いて倒れた。

（どうして？）

喜瑛は汪国の皇族ではあるが、皇帝としての継承権は持っていない。梁国の人間として扱われている彼が、何故《なぜ》毒を盛られることになるのだろうか。

玲秋が思考をどれだけ巡らせても答えが出る筈《はず》もなく……

事態は、より最悪な方向へと進んでいった。

「劉偉様が…………捕らえられた？」

その報せ《しら》を聞いた時、玲秋は祥媛が何を言っているのか分からなかった。

劉偉が喜瑛暗殺の首謀者であると容疑を掛けられ、投獄されたというのだ。

「どうして……！」

「喜瑛様のお隣に座られていた方が、劉偉様でいらしたからとか」

「そんな……」

「給仕していた官女や使用人も全て尋問を受けたそうです。玲秋様に関してはお早めにご退出下さったこと、幸いなことに周囲もさほど玲秋様がいらしたことを記憶に留《とど》めていなかったことで、怪しまれてはおりません……一歩間違えれば、玲秋様が捕らえられていたかもしれません」

だから紫釉は急いで戻れと伝えたのだ。その場で素性の分からない玲秋が捕らえられれば確実に怪しまれることを、彼は分かっていた。

玲秋は喜瑛が倒れた時、すぐ傍《そば》にいた。あの場に居続けていれば、今頃牢《ろう》にいるのは玲秋だった。

「…………」

震えが止まらなかった。

「玲秋様……」

「ごめんなさい、大丈夫。その、紫釉様と皇太后はどうしていらっしゃるか分かる？」

「紫釉様は劉偉様の投獄に反対の意を示していらっしゃるようですが、他の家臣の意見から押し通すこともままならないようです。皇太后にも報せが届いたばかりです」

「そう……どう、すれば……」

玲秋は呟《つぶや》いたが、分かっているのだ。

己に出来ることが、あまりにも少ない。

（いつもそう……！）

自分は無力だ。

どう足掻《あが》いても、願っても、玲秋の腕はか細く、権威を振るう力もない。

あまりにも無力なのだ。

「大将軍たる地位を持つ紹将軍が何を理由に兄を殺すと考える」

氷のように冷たく、剣先のように鋭利な紫釉の言葉に、長官達は黙る。

劉偉を拘束せよと命じたのは紫釉ではなく、秋官《しゅうかん》の大司寇《だいしこう》だった。秋官は六官《りくかん》のうちの一つで、刑罰や司法を司《つかさど》っている。

「秋官大司寇、意見を」

尚書令《しょうしょれい》が秋官大司寇を見る。膝をついていた秋官大司寇が顔を上げ、紫釉に向かい頭を下げる。

「申し上げます。紹将軍はあの場で喜瑛様に毒を盛ることが出来た唯一の御方。隣に着席されていた紹将軍だけが、毒を盛ることが出来たと判断致しました」

「劉偉の他にも盛ることが出来た者はいた。配膳、酒を注ぐ官女や宦官も全てだ。それに、彼以外にも、兄の隣に座る者はいたのでは？」

「酒を注いだ者も含め捕らえております。恐れながら喜瑛様の隣に劉偉殿しか座っておりません。喜瑛様は端の席に座ってあらせられた。毒を盛るにも、お隣にいらした劉偉殿の可能性は捨てきれないのです」

「理由もなしに紹将軍が兄を殺すと言うのか？」

「あくまでも可能性にございます。私とて、紹将軍が毒を盛るなどという愚行をなさるとは思っておりません。ですが、私は紫釉陛下より秋官の任をお預かりしている以上、正しくその務めを果たしているのです」

紫釉は黙った。

秋官大司寇の言い分は紫釉にも分かる。彼の言う可能性とて、事実なのだ。

配膳した食事や酒は、全て念入りに毒見役によって確認をされていたのだ。皆が同じものを食していることから、食事に毒が盛られていたのではないと分かる。

宴《うたげ》の場で仕えていた官女や使用人は、全て参加者が指定した者達だった。余夏も然《しか》り、信頼の厚い者しか呼んでいないのだ。そして、その宴の中で喜瑛を殺害する動機が見つけられなかった。

だからこそ、混乱を呼ぶ。

「紹将軍も暗殺される可能性があったというのはどうだ」

「それも否定は出来ないでしょう。何せ、理由が見つからない。更にはどのようにして毒を盛られたのかも未《いま》だ判断がついておりません」

「……それが分かるまで、紹将軍は拘束すべきだと？」

秋官大司寇は無言で頷《うなず》いた。紫釉は頭を下げる秋官大司寇の姿を一瞥《いちべつ》する。彼の言葉に偽りや企《たくら》みがあるとは思えない。彼は、正しき見分の上で、判断を下しているのだ。

それに対して皇帝として権威を振りかざすことを紫釉は良しとしなかった。

「迅速に毒を盛られた理由を調べるように」

その場にいる長官が一斉に頭を下げた。

「皇帝陛下！」

会議を終えた紫釉を待っていたのは充栄だった。

ここは外朝。本来ならば後宮に住む女性である充栄が訪れてはならない場所だ。それを承知で彼女は紫釉に会いに来たのだ。

日頃ならば余裕を見せる彼女にしては、滅多にない動揺した様子で紫釉の元に近付くと「劉偉は……！」と口を開いた。

紫釉は無言で首を横に振る。

「そう……ですの…………」

或《ある》いは皇帝の力で、弟を牢から出せるのではないかと期待をしてしまったのだ。

「…………取り乱して申し訳ございませんでした」

「すまない……」

「どうして陛下が謝ることがあるのでしょう」

取り乱していた表情が嘘のように充栄は微笑《ほほえ》んだ。

「不測の事態に対処出来なかった不出来な弟に責はございます。弟の責は姉の責にもございます。出来ることを全力で為《な》し、弟の無実を証明するのみです」

「……頼りになるものだ」

紫釉は力なく笑う。

「陛下は弟の事以上に厄介な事になるでしょう？　どうぞ、そちらに注力して下さいまし」

「だろうな」

充栄も紫釉も、思い浮かべるのは梁国の文字だった。

喜瑛は梁国の使節団の一人であり、汪国の血を引く梁国の民だ。彼が幼い頃の取り決めによって定められた和平の証《あかし》でもある。

その証が命の危機を迎えている。

「……兄上には何としても一命を取り留めて頂かなければ」

実の兄だからではなく、国の平穏の為《ため》に願う。

薄情かもしれないが、それが紫釉の本心だった。

(任されているのだ。国の平穏を)

血に染まる大地を清め、良き太平の世を送る……名を知らせることも無かった天の使いに。神に。

(血に染めてなるものか)

間もなくすれば梁国から文が届くだろう。喜瑛のことを箝口《かんこう》すれば済む話ではない。喜瑛が汪国に来るに際し、彼もまた官吏や使用人を連れてきている。その者らも宴の間近くで控えていたため、何が起きているのか知られているのだ。

恐らく既に報せが送られていることだろう。その情報を、梁国がどう受け止めるかによって事態は一変する。

和平の条約を結んでいるとはいえ、梁国は別の国だ。正当な理由をもって国を攻めることも出来る。汪国は建て直したばかりで民が疲弊している。その中で何を言い出すのか。

「……ままならないな」

こういう時、相談をする相手として思い浮かぶ者は今、牢に閉じ込められているのだ。

そうして自身は助けることすら出来ないのだ。皇帝であろうとも。

(劉偉ならば、皇帝の権威を使って牢から出したとしても、激昂《げきこう》するだろうがな)

考えて少し笑う。

「陛下？」

「いや……私も将軍に頼りすぎていたのだと自覚した。いい機会だ。将軍の手を借りずとも全て終わらせてみせるさ」

吹っ切れた顔をして笑う皇帝は強《したた》かで、目に覇気があった。充栄はその言葉に深く頭を下げる。

「弟の事はお任せ下さい」

「頼んだ」

紫釉は充栄を置いて廊下を進んだ。彼の執務室へと戻るためだ。

充栄は彼の姿が見えなくなるまで頭を下げた。

「……全く、幾つになっても世話の焼ける弟だこと……」

国の軍を統括する大将軍を「世話の焼ける弟」と零《こぼ》した皇太后は、表情を引き締め己の場所へと戻る。

本来皇太后であっても外朝に出てはならない。充栄は着てきた厚手の外套《がいとう》を顔に被《かぶ》せ、身体《からだ》を隠し元来た道を戻る。その先には侍衛が待っていた。

「見つからない間に戻りましょう」

「ええ……急がないとね」

戻ってからすることが、山のようにあるのだから。

・

数日後。

梁国から使者と共に文が送られてきた。

その書状には、和平の証人である喜瑛の安否についての質問と、汪国に対する不満。そして、喜瑛の死によって和平を白紙としたいのか、といった脅迫にも似た文面がつらつらと書かれていた。

使者として文を持ってきた男は、尊大にさえ見える態度で入城してきた。

（長年使者を務めた兄の安否を気遣うことすらしないのか）

不愉快だと思った。

政《まつりごと》の背景があるにせよ、紫釉の兄喜瑛は幼い頃から梁国で育ち、汪国で暮らしていた以上の年数を梁国で生きてきたというのに、使者は彼の容態や命の有無を、まるで意識する様子が見えなかった。

分かってはいることだった。

梁国にとって喜瑛は協定の誓約を交わすための道具にすぎないのだ。

喜瑛は未だ床から目覚めない。毒の種類すら分からず、医師は様々な解毒法を試すしかない。しかし、今も尚《なお》うなされ眠り続けている。

劉偉が隣にいた折にどのような食事の様子だったか、また配膳していた使用人は誰であったのか。くまなく調べさせた。だが、その場にいた全員に言えるのだが、動機が皆目見当がつかないのだ。

（あるとすれば……戦）

梁国がこのような不遜な使者を寄越すことを想定し、あえて喜瑛に毒を盛った……それであれば動機としても明確な上に、暗殺を企んだ者の狙いはまさに的中しているはずなのだ。

（だが、誰が望む？）

あの場にいた者を思い出すが、皇族の他には長官と紹一族の者しかいなかった。いわば内輪だけの宴だったのだ。

官女や使用人も徹底的に調べさせたが、誰も皆、出自にも交友関係にも後ろめたいものはない。

（そういうものだ……皇太后の暗殺をけしかけられた官女もそうだった）

私利私欲に負けて裏切ることがある。それは、紫釉も痛いほど知っている。だとすれば戦によって私腹を肥やすのが誰なのかと探っても……いないのだ。

梁国とは決して友好な関係ではない上に、隣国といっても距離がある。長官や官女、宦官の中で繋《つな》がることが出来る者がいないのだ。

（それに……どうやって毒を盛ったのか、それも分からない……）

唇や舌が毒への反応で麻痺《まひ》していると判明したことから、食事や酒の中に紛れ込んでいたのは事実だ。

だが、どう調べても毒の所在が分からない。毒見役はいたし、酒に盛るのであれば他の者に配った酒にも含まれる。

宴も終わりが近づいた頃になって倒れた理由が誰にも分からなかった。

あまりに謎が多く、手掛かりすら見つからない。故に、劉偉に嫌疑が掛けられても無実を証明することすらできない。

「…………はぁ……」

思わず溜息《ためいき》が零れた。弱音を周囲の人間のいる前で吐くことはない紫釉だが、あまりの展開に謁見の間で息を漏らした。幸いなことに客人はおらず、家臣が僅かにいるばかりであったが。

(玲秋はどうしているだろうか)

肘を突いて物思いにふける。あまりに忙殺され会いに行けていない。報《しら》せを貰《もら》い様子は知っているものの、本当ならば直接会って確認したい。

(いや、そうではない)

確認とか、そういうものではない。

会いたいのだ。顔を見て、髪に触れ、その身を抱き締めたい。

紫釉が会うことを切望しているのだ。

(本当……いつになっても変わらないな)

一度目の生の時、初めて出会い恋に落ち、どうしても会いたくなって屋敷《やしき》を訪れていた日々から、紫釉は何一つ変わっていないのだ。

玲秋が愛《いと》おしい。一目だけでも顔を見たい。笑顔を向けてもらいたい。

その為に、自身は皇帝になったのだ。

「…………必ず果たしてみせるさ」

神との約束も。己の目的も。

その先に、玲秋との未来が待っているのだから。


「梁国が……そのようなことを……」

「ええ。予想はしていたけれどもね」

玲秋は充栄の住む喜祥軒《きしょうけん》を訪れていた。

劉偉が捕らえられて十日は経《た》っているが、一向に事態は変わらなかった。それどころか梁国により深刻さを増していた。

「梁国は二十年ほど前であれば汪国より国力も劣っていたし、その頃は梁国と隣接する麗《れい》国《こく》との衝突が多く、国自体が弱っている頃だったから。だからこそ喜瑛様を和平の使者として送ることに賛同していたの。汪国と麗国から挟み撃ちされれば敗戦は免れないからね
……」

汪国の西は梁国、東は魏国《ぎこく》、北は山脈がそびえ立つため隣接した国はない。南は広野が広がっており、こちらにも隣接している国はない。魏国は紫釉の母の故郷であり、汪国は近隣国の中でも安定した地位と国力を誇っていたのだ。

「数年前に麗国との諍《いさか》いが落ち着いたはいいものの、民からの不満も溜《た》まっていたようね。徐欣様の影響で汪国の国力が落ちてきていたことと、昨今の騒動を向こうも摑《つか》んでいる。汪国は最近は大きな戦をしていない。追い込めば勝算が見えると踏んだのでしょう……」

「喜瑛様が目覚められたら……悲しまれてしまいます……」

「そうね……」

喜瑛は十日経っても目覚めなかった。日に日に窶《やつ》れていく喜瑛の解毒薬は、未《いま》だ見つかっていない。薬湯や水を飲ませているお陰で生き永らえているのだ。

「早く解毒の方法を見つけて、あとは首謀者を捕らえないと……弟も外に出られないままよ」

劉偉のことを考えると胸が痛んだ。あの日まで、ほぼ毎日護衛として傍《そば》にいた劉偉がいないことは、玲秋をひどく寂しくさせた。牢は良い環境とは決して言えない。その中で暮らしていくことで、心も体も疲弊してしまう。

「何かお手伝い出来ることはございませんか？」

いてもたってもいられず、玲秋は充栄に問う。

己に出来ることなどたかが知れている。それでも、出来ることがあるのならば協力したいのだ。

「……あるわよ」

「……！　本当ですか！」

玲秋は思わず乗り出して充栄の顔を見た。その表情は優雅で、唇は弧を描くように微笑《ほほえ》んでいた。

「ええ。貴女《あなた》にしか出来ないことが」

「私にしか……」

玲秋の中に、一人の女性が思い浮かぶ。

華やかな衣装を身に纏《まと》い、目鼻立ちが明るくなるような化粧を施した官女。

蓮花の姿だ。

「そう。ねえ、玲秋……貴女、もう一度蓮花になってくれるかしら？」

四章　外朝

その日も凰柳城《おうりゅうじょう》の内部は騒々しく、宦官《かんがん》や使用人、官吏の者が足早に歩き回っていた。梁国《りょうこく》との戦が起きた場合に向けた軍の準備、和平に向けた会議の準備、未《いま》だ目覚めない喜瑛《きえい》の看病をしたり解毒薬を追ったりする者……それぞれの足取りはめまぐるしい。

宦官の一人、張津《ちょうしん》は尚方令《しょうほうれい》の官位を持つ男で、皇帝の刀剣や武具から装飾まで、製品を扱う職務としている。

彼の後ろを一人の官女がついてくる。半歩ほど下がり、手を前に構えながら歩いている。服は外朝内の官女が着ている装束と同じもので、擦れ違う官女らは不思議そうに彼女に視線を向ける。

焦茶色の髪を官女らしく留め、かっちりと朱色の装束を身に纏っている。

張津と官女は共に回廊を抜け、人影の少ない建物の前に立った。見張りの兵が二人並んで立っている。張津の顔を見ると姿勢を正し挨拶してくる。

「張津様。御用でしょうか」

張津は僅かに息を呑《の》みながら「ああ」と答える。

「今日も劉偉《りゅうい》様に面会を」

「かしこまりました」

兵の一人が建物の中に入っていく。残り一人が警戒を含んだ視線で官女を見る。

「そちらの方は？」

「先の事件で関わった者だ。詳しくは話せない」

「失礼致しました」

兵は納得した様子を見せ、姿勢を元に戻した。

暫《しばら》くすれば建物の中に入っていた兵が戻ってくる。

「中の者にお伝え致しました。どうぞ、お入り下さい」

兵が扉を開く。中は灯《あか》りがほとんどなく陰鬱な空気が外に漏れだしてくる。

張津は後ろに立つ官女に目配せすると、薄暗い建物の中に入っていく。官女も後に続いた。

物音もろくにしない建物は、老朽化した名もなき牢《ろう》である。罪人を収監する牢は罪人や嫌疑を掛けられた者を拘束するために存在する。後宮の隅にある冷宮《れいきゅう》以上に環境は悪く、カビと湿気が充満している。

少し入った先に木枠を固定した、檻《おり》があった。その中に見知った男の姿を認める。簡素な寝台の上に胡坐《あぐら》をかき、黙って俯《うつむ》いている男こそ、劉偉であった。

劉偉は気配に気づいたのかゆっくりと顔を上げ……そして張津の背後にいる女性の姿を見て、目を大きく見開いた。

「其方《そなた》は………」

それ以上の言葉は無かった。

張津は頭を下げ、官女に向かい「暫くしたら迎えに来る」と伝えると、部屋の外に出て行った。

部屋には劉偉と官女の二人だけになった。

劉偉は木枠の前に近付き、やつれた頬を僅かに上げて苦笑した。

「久しぶりと言うべきなのかもしれないな……蓮花《れんか》と呼べば良いか？」

「はい……ご無沙汰しております、劉偉様」

官女の正体は玲秋《れいしゅう》である。以前のように華やかな装束や化粧ではないが、劉偉が間違える筈《はず》もない。

「無茶をする……姉の、皇太后の案か？」

玲秋は少しだけ笑ってから頷《うなず》いた。

「官女であればこうして劉偉様とお会いすることも出来ます。それに……あの日、何が起きたのか探ることも出来ますから」

「以前と違い、其方も随分と面が割れているのだぞ」

言いながら、そうは言っても外朝の中で玲秋の顔を知る者は少ないだろうと思った。

しかし……

「それに、外朝は男ばかりだ。官女に手を出すような不届きな輩《やから》もいる。何より……其方は命を狙われているのだぞ？」

だからこそ護衛に名乗りを上げたというのに、捕らえられてしまっている己を叱責した。嫌疑を掛けられるかもしれないとは思ったが、ここまで長く捕らえられるとは思ってもいなかった。

「皇太后が玲秋の身代わりを立てることで、後宮に居るように思わせると仰《おっしゃ》っておりました。むしろ、外朝で隠れ暮らしていた方が安全ではないかと……」

「安直すぎる……」

呆《あき》れて溜息《ためいき》を吐く。だが、玲秋の身の安全を考えるに、目くらましになるのは確かかもしれない。

暗殺に来た男は玲秋の特徴を記した紙を持って侵入していた。つまり、玲秋については、後宮に出入りする者でない限り分からない。

「外朝に女性は少ない。かえって目立つのではないか？」

「皇太后のお取り計らいにより、張津様の側仕《そばづか》えを務める形となりました。それであれば自由に城内を共に歩き回れ、劉偉様にも近づくことができると」

「張津殿か……」

尚方令の官位を持つ張津は、刀剣等《など》の武器を取り扱うことから劉偉とも懇意な間柄であった。更に言うのであれば、彼の養父が劉偉と充栄《じゅうえい》の伯父である。

「我が一族のことだ。見えぬところで私の釈放のため動いているのだろうな……」

宴《うたげ》の場には劉偉の父や、それ以外にも親族の姿があった。彼等《かれら》が劉偉の拘束に納得がいかず奔走してくれているのだろう。

「玲秋殿……其方の想《おも》いは有難《ありがた》い。だが、どうか無謀なことはやめて欲しい。己の命を優先してくれ」

「はい。必ず……」

牢越しに相まみえる玲秋の真摯な瞳を見て、劉偉は眩《まぶ》しそうに目を細めた。

宴の時以来、顔を合わせることが出来なかった玲秋が目の前にいる。そして、劉偉のために行動してくれるというのだ。

(男として情けない)

国のためにあれ、軍人として強くあれと育てられてきた劉偉は、無力である自身が情けなかった。この場では何も出来ない。反論し、暗殺など企《たくら》んでいないと再三訴えようとも、未《ま》だ証拠が見つからないことを理由に捕らえられたまま。

そんな自身を救うために玲秋が来たのだから、一体どちらが護《まも》られる立場と呼べるのか……

「これからどうするつもりだ？」

「当日に関わった官女に話を聞きます。あの時のことについて改めて話をする機会を得るか、または不審な行動がないか確認をすることに」

当時宴に参加していた官女や使用人、宦官に対し軒並み尋問は終わっていると聞く。それでも抜けているところがあるのではないか、と。

「容易《たやす》くはないが、其方にしか出来ないことではある……玲秋殿。恩に着ます……ここを出た折には、必ず恩を返す」

生真面目な表情でそのように劉偉から言われるものだから、玲秋は慌てて姿勢を正してしまった。

「お気持ち、しかとお受け致します。必ず……お役に立ってみせます」

玲秋が出て行った牢は、先ほどまでいた鈴のように聞こえが良《い》い声の主を失い、空虚な世界へ戻っていた。

薄暗闇の中、玲秋が出て行った扉の先を劉偉は真っ直《す》ぐに見つめていた。

いつもよりかっちりと留めた髪、他の者と同化するよう目立たない化粧をした玲秋の姿を思い出す。

(何故《なぜ》であろうな)

後宮で蓮花を名乗っていた時もそうだったが、化粧をせずとも、地味な恰好《かっこう》をしていたとしても。

劉偉には玲秋が誰よりも目立って見えてしまう。

多くの女性の中に交ぜてみても、きっと一目見て玲秋が何処《どこ》にいるか分かる。そんな感覚が確かにあった。

大人しめな官女の姿をしている玲秋を見ても、思うのはそんな事であった。

どんな姿をしても、玲秋は美しい。

「…………」

この想いは危険である。

あってはならない感情は封じるべきであり、根絶やしにすべきものだ。

(分かっているさ)

護衛として日々傍《そば》にいる時から、何度となく押し殺した感情なのだ。劉偉ほど心得ている者はいない。

主君を裏切るわけにはいかない。

紫の瞳に情念の炎を密《ひそ》やかに宿す主《あるじ》が、かの女性に対してだけ情を向けていることを劉偉は知っている。

一時は徐欣《じょきん》の血かと疑ったがそうではなかった。

（あの方は彼女にだけしか情を向けられていない）

そうでなければ、後宮の女を全て帰したりなどしない。世間に向けた、己が繫《つな》ぎの皇帝であるという意思表示だとしているが、劉偉には違って見えた。

ただ一人の女性しか愛さないという、彼の決心に見えたのだ。

それほどまでに愛する玲秋を奪うような真似《まね》でもすれば、国は大いに乱れるだろう。

「ええと……では蓮花。貴女《あなた》には仕事に慣れて貰《もら》うため、今日は私についてきてもらおう」

「はい。よろしくお願い致します」

劉偉との再会を終えた玲秋は、部屋の外で待っていた張津と共に外朝の中を歩いた。後宮と違い華やかさよりも威厳ある建物の作りに圧倒されると同時に、後宮以上の広さに驚かされてばかりだった。

凰柳城の外朝と称する箇所には大きな建物が点在していた。張津は武器や刀剣といった類《たぐい》以外にも、茶器や筆、竹簡といった仕事に必要な備品の製造も任されている。

彼が勤める場所、仲和殿《ちゅうわでん》に案内されれば、そこには他の宦官《かんがん》と、わずかながら使用人の姿があった。

宦官は黙々と言葉もなく静かに働いていた。

張津がその場で周囲に声を掛ければ、皆が黙って集まってくる。

「新しい官女だ。名を」

促され、玲秋は半歩ほど前に出て頭を下げる。

「蓮花と申します」

玲秋を見る宦官や使用人の視線は、口以上にお喋《しゃべ》りだった。興味、好奇心、警戒といった様々な感情が視線となって降り注いでいる。

「暫くは私と行動させる。雑用を任せる予定だ。分からないことがあれば彼らに聞くように。皆もそのように」

「かしこまりました」

使用人らは一斉に頭を下げる。

ひと通り建物内にある部屋の位置、仕事の内容を聞いた後、張津と共に建物の外に出る。

玲秋は一歩ほど下がった位置から後を追う。

人通りが少なくなったところで張津がぼそりと囁《ささや》いた。

「外朝は後宮と違うだろう？」

「はい……官吏の方がとても多くいらっしゃいますね……」

「官吏も使用人も宦官の者がほとんどだ。中には貴女のように女性もいるが、随分と数は減った。後宮のようにもぬけの殻というわけではないがな」

張津は口元に皺《しわ》を作り小さく笑う。

「陛下の勅命には驚かされましたが、国庫の財政を考慮すれば有難い話だ。何せ元皇帝時代は財政は厳しい状況だったからな」

「そうなのですか……」

「外朝の使用人にも女性を多く登用させ、内部を乱すこともあった……政務の場すら房事の場所にしておられましたから……失礼。女性の方に話すようなことではなかったな」

「いえ……」

玲秋は充栄から張津の人となりを予《あらかじ》め聞いていたのだが、彼女が説明していた通りの方だと思った。

気がそこまで強くはないが、養子ということもあり養父への忠義、果ては紹《しょう》一族への忠義に厚い人物で、大変生真面目だと聞いている。不正を許さず、その真面目な人柄を買って、劉偉は彼を尚方令に任命したのだという。

劉偉の拘束について、せめて何か役に立てないかと憂える彼に対し充栄から玲秋の官女入りを提案した。その提案に張津もまた賛同した。

「次に劉偉様にお会いできるのは三日後が精々だ。頻繁に出入りすると怪しまれてしまうからな」

「有難《ありがと》う存じます」

「あの日にいた使用人らの名は記録してある。全員に対し尋問をし、荷物や素性を調べたが何一つ証拠は出てこなかった。かえって綺麗《きれい》すぎるほどだ」

「そうなのですか……」

ふと、あの時共に参加していた自身や余夏《よか》はどうなのだろうかと考える。

「張津様。珠玉《しゅぎょく》様の官女に対し尋問は行われましたか？　私は、特に呼ばれていないのですが……」

「後宮で取り調べをしたことになっている。其方《そなた》達は珠玉様の官女として入っていた。珠玉様や榮來《えいらい》様は途中で退室なされたからね。まあ……其方のように残っていた、という可能性を持つ者が他にもいたかもしれないと思うだろうが、皇帝陛下が官女や使用人の出入りの人数も把握していらして、そのようなことは無かったと断言なされた」

「陛下が……」

「本来であれば六官《りくかん》の役目なのだ。しかし陛下の記憶力は確固たるものだ。不正や不備がないかまで確認されている。だからこそ、其方に矛先が向かないのかもしれないがね」

紫釉《しゆ》の聡明《そうめい》さと徹底した管理能力に、玲秋は息を漏らすしかなかった。

抓周《そうしゅう》の時以来、紫釉は玲秋の元を訪れていない。聞けば喜瑛の容態も思わしくなく、梁国の動きが不穏という。首謀者を捕らえない限り事態は収束しない。捕らえたところで梁国が動きを止めるかは分からないが、喜瑛の容態が快方に向かえば、交渉の余地もあると踏んでいる。

喜瑛は和平の象徴でもある。彼の命がある限り盟約は違《たが》えられないからだ。だが、その命が風前の灯火《ともしび》となり、消えてしまった時には最悪の結果を生むかもしれない。いかなる事態にも応じられるよう、汪国《おうこく》でも兵の準備を進めているという。あくまでも防衛のためであり、汪国から梁国を襲うことは考えていないと、張津は語る。

「だが六官の中には、機に乗じて梁国を攻めるべきだと言う者もいる。外朝の中も収拾が付かない。一日でも早く収束させるため、陛下は寝る間も惜しみ政務室にいらっしゃるそうだ」

「そんな……」

玲秋は紫釉が心配だった。

抓周の後暫《しばら》くして、一度だけ紫釉から文が送られてきた。

『大事ないだろうか。不安を抱いていないか』と、玲秋を気遣う内容が書かれていた。玲秋を襲った者も、喜瑛を襲った者も誰だか分からない今、どうか己が助かることを優先して考えて欲しいとも書かれていた。

(私よりも紫釉様自身を労《いた》わって頂きたい……)

無事だろうか。体調を崩していないだろうか。

出来れば、外朝にいる間に紫釉に会えれば嬉《うれ》しいと、自分勝手にも思っていた。

己の命は珠玉のために使いたいと思っていた頃から数年しか経《た》っていないというのに、こんなにも変わってしまった。

紫釉の顔を見たいと思った。

紫釉の声を聞きたい。考えるだけで胸の奥が苦しいほどに締め付けられる。会えないことへの寂しさで、気の塞ぐような思いが生まれる。

(紫釉様に……お会いしたい)

なんて我が儘《まま》になってしまったのか。

自制しようとも想《おも》いは振り払えず、紫釉との再会を願うばかりの自身は、蓮花となって外朝に行けるのだと分かった時、歓喜してしまったのだ。

命を狙われているのだから安全であるべきだ、と忠告する声があることも分かっているのに。

それでも我が儘が故に、大義名分と共に己の私欲に走ってしまったのだ。

（私も紫釉様のお役に立ちたいのです）

一度目の生のように、待っているだけでは何も変わらない。

だからこそ、玲秋は動き、足掻《あが》く。

己の出来ることに精一杯、努めるのみなのだ。


蓮花として勤めて二日目の朝。

玲秋は、外朝の中にある使用人が生活する建物で暮らしている。女性の使用人と官女は皆同じ建物で暮らす。宦官や男性の使用人の宿舎は別棟にあり、共同で何かをすることはほとんどない。使用人らが用意した簡素な食事を終えた後、今日の仕事を取り仕切る宦官から説明を受けていた。

「皇帝陛下は謁見後、遅くまで討議となるだろう。昨日に引き続き、お近くを通ることも禁じる。まずは掃除だが……」

聞くに、連日紫釉は話し合いをしているらしい。同時に張津が話をしていた戦への準備も進められているため、使用人の仕事についても細かく指導されていた。

玲秋は先日の宴で見かけた官女がいないかと周囲を見渡す。

充栄から何名かの官女に話を聞いてきて欲しいと言われているのだ。

玲秋は充栄から教わった特徴を思い出し、その人物を探す。

（……彼女ね）

特徴を全て捉えた女性を見つけた。

玲秋から離れた場所で誰かと話している官女の姿を捉える。

（秋官大司寇《しゅうかんだいしこう》の官女で……確か名前は李明《りめい》）

抓周の際、彼女は主《あるじ》である秋官大司寇の官女として配膳をしていた。

彼女が仕える秋官大司寇は刑罰を司《つかさど》る。そのため、抓周に参加していた者全てに秋官は尋問を行っていた。

李明もまた例外ではなく尋問が行われているのだが、その資料があまりにも簡素であったのだ。彼女の尋問に関する資料に描かれていた内容は「問題なし」と簡潔に書かれていただけであった。

（大司寇である環沢《かんたく》様からの信頼も厚く、尋問を受けていないのではと噂されているみたい）

出自を調べれば、元は州牧の元で下働きをしていたところ、働きの良さを買われ秋官大司寇に使用人として雇われたという。

口数も多くなく、交友関係も広いわけではないが、仕事に熱心な女性であると聞いている。歳《とし》は三十を越えたところだろうか。

玲秋が少しずつ彼女に近づいてみれば、李明は顔を上げる。玲秋と目が合うと、僅かに目を見開いた。

「貴女《あなた》……この間の……」

どうやら抓周で働いていた玲秋を覚えていたらしい。

「蓮花です。抓周で働いていた玲秋を覚えていたらしい。

「ええ……貴女は誰に仕えていらっしゃるの？　そこまでは分からなかったから……」

「私は尚方令張津様にお仕えしています。あの日は張津様から命じられてあの場に。貴女は……？」

「私は李明。秋官大司寇の環沢様にお仕えしているわ」

「秋官大司寇様……何度か顔をお見掛けしたことはあります」

「真面目で優しい方よ」

真っ先に主君を讃《たた》える李明の表情から、彼女が偽りなく伝えているのだろうと思った。不満があるのであれば、すぐさま讃えるような言葉が出るとは思えない。

「あの、貴女も尋問を受けられた？」

「ええ、勿論《もちろん》。いくら秋官大司寇様の元で働いているからといって、特別待遇をするようなことはなさらない。他の方がどんな尋問をされたのか分からないけれど、きっと同じよ」

玲秋とて実際に尋問を受けたわけではない。どのような質問をされていたのかなどは、聞いているため分かっているが。

「抓周の時、一体何が起きたのか全く分からなかった。貴女は何が起きたか覚えているのですか？」

玲秋が尋ねてみれば、李明は心外そうに玲秋を見た。

「私とて同じよ。抓周では慌ただしくて、気が付いたら騒ぎが起きていたわ。秋官大司寇様からその場から動くなと直接指示を受けて待機していたわ。まさか紹将軍が毒を盛っただなんて……」

「そんなことはありません……紹将軍がそのようなこと、出来る筈《はず》もありません……」

「あら……貴女、紹将軍をよくご存じなの？」

しまった、と思うが顔に出さず、小さく首を横に振る。

「いえ。ですが、張津様は紹家の御方ですので……」

「ああ、そうだったわね……軽率な発言をしてしまったわ。ごめんなさいね」

「いえ……早く解決すれば良いのですが」

「ええ、本当に。それじゃあ私は仕事に行くわ。またね」

そう告げると李明は建物の外に出て行った。その様子を玲秋は見送っていた。

（分からないわ……毒を盛った方とは全く思えない）

接した限り、李明の表情や言葉は嘘《うそ》をついているようには思えなかった。もっとも李明が嘘に長《た》けているような女性であれば、もしかしたら全く素知らぬ様子で話をしていたのかもしれないが。

聞く限り尋問を受けたとは言っている。それに、考えてみれば尋問は個別に行われるもので、皆が皆同じような内容ではないだろう。

（尋問を取りまとめた資料が簡潔であったのも、尋問した者が彼女をよく知り、その場で彼女に給仕をされていたのであれば、疑う余地もないからなのかもしれない……）

他の尋問を受けた官女を探そうと思ったが、李明と話している間に、建物の中に居た女性達は既に仕事場に移動したらしく、人の姿がほとんどなくなっていた。

そろそろ自身も行かなければと、玲秋もまた建物の外に出た。

外朝は後宮以上の広さがある。建物も様々な造りで、どれが何の建物であるか未《ま》だ全ての把握が出来ていない。

仕事場へ向かう途中に見える建物の前で足を止める。そこは、皇帝が執務を行う建物、謹敬殿《きんけいでん》。

（紫釉様……）

昨日から外朝で寝泊まりするようになったが、未《いま》だに紫釉に会うことは出来ていなかった。紫釉には昨日から官女として外朝に出ていることは伝えていた。

（出来れば直接ご説明をしたかったけれど……）

抓周《そうしゅう》以来、会えていなかった。もし紫釉に官女として外朝にいることを伝えたら……

（反対されたかもしれないわ……）

大いに想像がついてしまった。

誰よりも玲秋を心配し、慈しんでくれる紫釉が、望まぬことをしている。

けれど何も出来ず進展を待つばかりでいるのが……どれほど辛《つら》いか、玲秋は知っていたからこそ、行動に移したのだ。

過去を知る紫釉であれば、その気持ちを汲《く》み取ってくれるとも思う。だとしても直接会って説明をしたかったのだ。

（いえ、違う……それだけではない）

会いたいのだ。

抓周以来会えていない紫釉に会いたい。顔を見て、声を聞きたい。

紫釉が訪れることができない。理由とて分かっている。会いたいという想いは玲秋の我が儘だ。

紫釉の文にも『会いたい』と書かれていた。彼が執務の合間をぬって文を書いてくれているのだ。それだけでも嬉しいのに。

玲秋は軽く両手で頬を叩いた。

「……仕事にいかなきゃ」

今の玲秋は蓮花。尚方令の元で働く官女の一人なのだから。

そろそろ夕刻となる頃。

冷えてくれば手がかじかみ、仕事にならないため、建物の中では火鉢に木炭を焚《た》いている。

残り僅かになった木炭を補充するため、玲秋は建物の外に出る。

屋内で働いていると気付かないが、外はとても冷える。汪国の冬は寒く、夜に外で長居するだけで命を失うだろう。

吐く息は白い。玲秋は暗闇に変わる前にと、急いで木炭を取りに向かった。

備蓄庫で使用人から木炭を幾つか受け取ると、布に包み来た道を戻る。

暗くなる前に官女や使用人の勤めは終わる。玲秋も木炭を届けたら今日の仕事は終わりだ。

足早に来た道を戻っていた時だ。

「見ない顔だな。どこの使用人だ？」

不意に声を掛けられた。声の先を見ると、衛兵が二人、玲秋を見ていた。

何処《どこ》か視線に嫌なものを感じ、警戒しつつ「尚方令張津様です」と告げる。

「尚方令……来たばかりか？」

「……そうですが？」

「道に迷っていないか？　良ければ案内しよう」

体格の良い男性が二人、玲秋の元に近付いてくる。それだけで圧迫感があり、玲秋はゆっくりと更に距離を置いた。

「何だよ……そう警戒しなくてもいいだろう？」

「そうそう。親切から言っているんだから」

男二人の表情はにやついており、言葉の端々から揶揄《やゆ》する感情が見て取れた。

玲秋の本能が警鐘を鳴らす。今まで感じたことのない不安だった。男性に対し、恐怖したのは……元皇帝徐欣に触れられた時以来だった。あの時と似た不安から寒気がした。

「……有難《ありがと》うございます。ですが、道は存じております。急ぎの命を受けておりますので……」

玲秋は慌てて身を翻し来た道を戻ろうとしたが、腕を一人の男に捕らえられた。

「何を……っ」

「こちらは暇なんだ。相手してくれよ」

「仲良くしようじゃないか」

下卑た笑みを浮かべる男達は玲秋の抵抗などものともせず、強引に腕を引き寄せる。抗《あらが》おうにも力は強く、玲秋は体ごと男の胸に飛び込む形となった。

体を硬直させ、必死で腕を解こうと抵抗する。それでも敵《かな》わないと分かれば、声を上げようと口を開けるが、もう一人の男に手で塞がれた。

「…………っ！」

「強情な奴だな」

「移動するぞ」

嫌、嫌だ。

逃げ出すために無我夢中で暴れる中、口を塞いできた男の掌《てのひら》を思いきり噛《か》んだ。

「いっ……！」

痛みに耐えきれず男の手が緩む。もう一人の男が驚いた拍子に手の拘束も緩む。その隙を突いて玲秋は腕を振り払い、その場から去るべく走り出した。

「このやろうっ……！」

下卑た笑みの下から怒りが浮かびあがり、男達は玲秋を追いかける。

（信じられない……！）

後宮の外がどのような世界か、玲秋は知らなかった。宦官《かんがん》が多く、僅かな官女や使用人、そして衛兵の男性が働いていると、伝聞で知っていた程度だった。

けれど、こんなことは知らない。

(早く人のいるところに……!)

建物の陰から飛び出そうとしたところで、男に腕を取られた。

「あっ!」

「この……大人しく……っ」

殴られると思い、目を閉じた。

が、痛みは訪れなかった。

「ぐぁっ…………!」

聞こえてきたのは潰《つぶ》れたような男の悲鳴。それと同時に何かが風を切り、続いて聞こえてきたのは何者かが地に倒れるような音だった。

摑《つか》まれていた腕が離れると同時に、何かに優しく抱かれ、包まれた。

その香りに覚えがある。

「あ………」

目を開き見上げた途端、安堵《あんど》から涙が一筋零《こぼ》れ落ちた。玲秋の肩を強く抱き締め、その身を護《まも》るようにして男らの前に現れたのは紫釉だった。

「何をしている」

ひどく低い声で、そう吐いた。

男達は一瞬にして顔面を蒼白《そうはく》にさせ、すぐさま跪拝《きはい》すべく膝をつき、頭を地に付けた。紫釉が皇帝であることをすぐに理解したのだろう。紫釉は皇帝しか身に着けることのできない龍の刺繡《ししゅう》が施された装束を身に纏《まと》っている。その上、この外朝の中で、紫釉のような若さで位の高い者といえば、現皇帝しか存在しないからだ。

玲秋は驚きと安堵で声を発せなかった。紫釉は少し怒ったような顔をしながら玲秋を見つめていたが、すぐに男達へ視線を移した。

「何をしていると聞いている」

男達の肩が震える。

「私の城の中を乱す者には然《しか》るべき罰を与えることとなる。また、私の問いに答えないのであれば、謀反の意として受け止めようか」

淡々と語っているが、彼が怒っているのが分かる口調だった。

「申し訳ございませんでした…………っ」

「お赦《ゆる》し下さい……！」

地に頭を擦《こす》り付け、甲高い声を震わせ懇願する男達に対し、紫釉は一言も返さぬまま一瞥《いちべつ》した。

紫釉の名を呼びたかったが、玲秋は男らの手前、彼の名を呼ぶことはせずじっと見つめていた。目が合えば、紫釉は玲秋の視線を僅かに困ったように見つめてから、男達を見た。

「私がそれを赦すような愚王と思うな。綱紀を正すことが私の務めだ。己の罪を認めるのであればその足で秋官の元へ行け。お前達が来たかどうかは後で確かめよう。正しき罰を受けるか……それともその足で逃げるか？　それでもいいだろう。その時は、私はお前達を反逆者とみなし……地の果てまで追い、その身を八つ裂きにしてくれよう。お前達には選ばせてやろう」

玲秋は、紫釉のこのような冷たい言葉と視線を見聞きしたことがなかった。彼は一度たりとも玲秋に、男達に向けたような言い方をしたことも、視線を投げたこともないのだ。

まるで別人のような紫釉に驚いていると。

「行くぞ」

肩に手を置いた紫釉に押され、玲秋は紫釉と共に歩き出した。

先ほどの裏道と異なり、大きな通りへと出るが、紫釉は止まらずそのまま真っ直《す》ぐ道を進む。

「し、紫釉様……？」

怒っている。

玲秋は理解した。

彼は無言で歩いているが、その表情は硬い。

玲秋は紫釉に連れていかれるがまま歩いた。すると大きな建物に近付いてきた。

（あれは……謹敬殿）

皇帝が執務を行う場所と説明を受けたが、玲秋は入ったことがない建物に向かって、紫釉は躊躇《ためら》うことなく進んでいく。途中擦れ違う宦官や使用人が深く頭を下げる。玲秋の姿に疑問を抱こうとも、それを言葉にする者は誰一人としていなかった。

建物に入ると、真っ先に見えたのは皇帝の玉座らしき椅子だった。椅子の横には卓があり、傍《そば》には竹簡や書類が乱雑に置かれていることから、執務を行う席であることが分かる。

しかし紫釉はその場にとどまらず、更に建物の奥に進んでいけば、一つの部屋に辿《たど》り着く。

部屋に居た数人の使用人が、紫釉を認めると驚いた様子で頭を下げた。

「少し休む。離れるように」

紫釉が告げると、彼等《かれら》は紫釉の言う通り部屋から出て行った。

（ここは……）

改めて部屋の様子を見れば、まず目に入ったものは寝台だった。さらに家具や調度品からここが居住する場所であることがすぐに分かった。

「はぁ……」

急に耳元で息を吐く音が聞こえると共に、玲秋はその身を包まれるようにして抱き締められていた。紫釉の頭部が玲秋の肩に寄りかかる。

「紫釉様……………」

「ん………」

言葉もなく紫釉は、寄りかかっていた肩に額を押し当てる。まるで甘えているようだった。

先ほどの冷たさが嘘《うそ》のようだ。

「………申し訳ございませんでした」

何を伝えようかと迷った第一声は、謝罪だった。

「………何に対して謝っている?」

「ご心配をお掛けしてしまったこと……紫釉様の反対を承知で外朝に来たこと……です」

「分かっているじゃないか」

紫釉が微《かす》かに笑う。だが、顔を上げた彼の表情は笑ってなどいなかった。

「其方《そなた》に何かあれば私は国を滅ぼす」

「………はい」

「劉偉も見捨て、危篤である兄も放り出し、先ほど其方に手を出そうとしたような輩《やから》を八つ裂きにする」

「はい…………」

玲秋とて分かっている。

彼の言葉は真実だ。

偽りのない言葉なのだ。

「分かってくれ……頼む……」

祈るように、懇願するように玲秋を抱き締める。

紫釉は、皇帝だ。

何もかもを手に入れられる汪国の統治者であり、唯一無二の存在なのだ。

その彼が、玲秋にだけ願い、乞う。

抱き締めてくる身体《からだ》を強く抱き締め返す。

「はい……」

己の我が儘《まま》が、願いが彼を苦しめてしまうというのに。それでも玲秋は黙って待っていることが出来なかった。

紫釉とて分かっているのだ。

玲秋が、何も出来ず無力のままに命を落としてしまったことを。だからこそ、それを悔い、出来る限り抗おうとすることを。

そんな玲秋だからこそ紫釉は惹《ひ》かれ、愛《いと》しいと思う。

体が僅かに離れると、紫釉は玲秋の頬を優しく撫《な》でる。

間近で見つめ合う。紫色の瞳は宝石のように美しく、その中に玲秋を映し出していた。

物音ひとつしない部屋の中、ゆっくりと顔が近づいていく。

紫釉の髪が頬に、額に触れたところで、玲秋は瞳を閉じた。

唇が重なり合う。

唇に一度触れると離れ、次に玲秋の唇の端に触れた。左右にちゅっと音を立てて口づける。それから額に、頬に、髪に。

何度となく触れる口づけがくすぐったくて、玲秋はほんの少しだけ笑う。

「くすぐったいです」

次は耳に口づける紫釉に告げても、彼は笑うだけで止まらない。玲秋の髪を掬《すく》うと髪に口づける。

「ずっと会いたかったんだ。玲秋はそう思わないのか？」

「そのようなこと……」

「会えなかった分を補わせてほしい」

そんな風に甘えられて断れるはずもなく、玲秋は頬に触れる紫釉の手に己の手を添えた。

玲秋とて寂しかった。会いたかった。触れられることに全身から喜びが溢《あふ》れ、見つめ合えるだけでこれ以上ない幸福に満ち足りる。

(私も……お会いしたかった)

頬に触れていた紫釉の手を取り、その指先に口づける。

「…………！」

紫釉の指がぴくりと揺れる。顔を見上げてみれば、ひどく驚いた表情をしていた。その表情が、いつもよりも紫釉を年相応に見せてくれて、玲秋は思わずはにかんだ。

「私にも補わせてください」

指から手の甲に唇を移し、敬愛の想《おも》いを込めて唇を押し当てる。

この手が多くの命運を握り、皇帝という大きな責を負っているのだ。その重さは彼一人にしか分からず、紫釉の他に代わりはいない。正しくはいるのだが、漸《ようや》く一つ年を得た幼き未来の皇帝、栄來のみなのだ。

それを承知で玲秋は願う。彼の皇帝としての責務を玲秋が支えることなど、出来るわけがない。けれど、紫釉自身に寄り添うことは出来る。

(私に出来ることは、紫釉様を誰よりもお慕いしている……それだけ)

その想いであれば、誰にも負けることなく、絶対のものなのだから。

「…………っ」

玲秋の仕草に、言葉に……彼女から与えられる全ての感情に、紫釉の表情が歪《ゆが》んだ。我慢ならないとばかりに玲秋を抱き締めると、指で玲秋の顎を掴《つか》み深く口づけた。

息すら逃れることを許さない口づけだった。強引な仕草だというのに……それでも触れる唇は優しく玲秋を包み込む。

長い……長い触れ合いは、時折はぁ、と息を漏らしながらも、どちらとも離れることなく互いを求めあった。

愛おしい。

愛する者との口づけほど甘美なものはない。一つになろうとするように、いっそ喰《く》らってしまおうとするように、唇はお互いを離さない。

息が止まるぐらい強く抱き締め合い、髪を撫でれば、玲秋の纏めていた髪がほどけた。長い髪がはらりと落ちる。

紫釉もまた、冕冠《べんかん》が落ちた。重みのある音を立てて地に落ちるが、紫釉は気にもせず玲秋に口づけていた。

出会ってから紫釉の髪は伸びた。三度目の生で出会った日、彼と後宮の門前まで向かった日の紫釉の髪は短かった。出会う度に伸びた髪が、今は一つに束ねられている。漆黒の髪は艶《つや》やかに煌《きら》めき、風が吹けば美しく揺れた。

長い髪の紫釉は、一度目の生で出会った頃を思い出させる。

珠玉と二人きりで慎《つつ》ましく生きていた時の訪問者。身分があまりにも違うというのに、それでもなお今のように恋心を抱いてしまった時の紫釉を思い出す。

（どのような御姿であろうと……私は貴方《あなた》が愛おしい）

何度生まれ変わろうとも、きっと玲秋は紫釉に恋をする。

触れる唇の温《ぬく》もりを確かめながら……玲秋は、また彼に恋をしたのだ。


「茶だ。飲むか？」

「有難《ありがと》う存じます」

口づけから暫《しばら》くして、紫釉は玲秋を部屋の隅に作られた寝台に座らせ、彼自身によって淹《い》れられた茶を渡した。

受け取った茶を飲んでみれば、少し温《ぬる》くはなっているが温かかった。冬の季節を考えれば十分な温もりだった。

そういえば、と周囲を見渡す。

すっかり冷え込む冬だというのに、玲秋が今いる部屋はそこまで寒さを感じなかった。

木炭を焚《た》いているようにも見えない。

「火炕《かこう》を使っているから、床から暖かいんだ」

玲秋の表情から考えを汲《く》み取った紫釉が、くすりと笑いながら説明をしてくれる。

言われ、ふと下を見てみれば確かに床が暖かかった。肌寒さはあるが、それでも普段の建物で過ごす時とは、寒さの度合いが全く違っていた。

「文を読んで玲秋が外朝に来ていることは分かっていた。出来ればすぐに様子を見に行きたかったが……」

先ほどほどけた髪を紫釉が掬い、愛おし気に撫でる。

「今日で良かったようだ」

「……有難うございました」

「驚いただろう？　外朝ではあのようなことが起きている。元皇帝の名残だ」

「徐欣皇帝の……」

何故《なぜ》、彼の名が出るのだろうと思っていれば、紫釉がつまらなそうに言葉を続ける。

「父は後宮だけに留《とど》まらず外朝でも女性を求めることが多かった。そのため、外朝にも一時官女が多かったんだよ。中には衛兵と関係を持つ者もいた有様《ありさま》だ。風紀は大いに乱れ、先ほどのように衛兵が女を見れば手を出そうとするまでに至った。一掃したと思っていたが……外朝は広いな。未《ま》だ片付いていないようだ」

「そのようなことが……」

あれほど多くの女性が後宮にいたというのに、外朝にもいた事実に驚いた。考えてみれば、選秀女の時期でもないのに新しい妃《きさき》や官女が後宮に来ていた。後宮に女性が絶え間なくやってきていたため、どこから来ていたのか分からなかったが、恐らく外朝から来ていた女性もいたのだろう。

「玲秋や後宮の者は知らないだろう。外朝も無様なものだ。横領する宦官《かんがん》、女に手を出し職務をしない衛兵、男に媚《こ》びる官女……腐敗した国だ」

「その国を、紫釉様が正して下さっているのですね」

「出来ているかな」

紫釉が小さく笑った。

玲秋は頷《うなず》く。

「私のお慕いする紫釉様ですから、必ず然《しか》るべき制裁の元に進められていらっしゃることでしょう」

「見る目があるな。玲秋……今は蓮花か？」

「はい。尚方令張津様の元に仕えております」

「張津か。真面目で働き者だ。よく教えてくれるだろう。それに劉偉との縁も深い」

「はい。劉偉様とは……昨日お会い致しました」

「……何か言っていたか？」

紫釉は玲秋の髪を優しく撫でながら問う。

「無理はしないようにと仰《おっしゃ》って下さいました。私の身を案じて下さっています」

「……そうだろうな。其方の暗殺を目論《もくろ》んだ者の目的も真相も未だ謎のままだ。今は特に警備が厳重だ。内通者がいたとしても、すぐに目に付くとは思うものの……用心はしてほしい」

「はい」

紫釉は玲秋の額に口づけてから隣に座る。

「何か調べたのか？」

「秋官大司寇様の官女に声を掛けました。充栄様より話を聴いてきて欲しいと言われていました。尋問の情報が少ない方でしたので。ですが、お会いした限り気になる点は見つかりませんでした。軽く話した程度ですので……確かなことは言えませんが」

「そうだな。率直な印象も有難《ありがた》い。官女同士でしか得られない会話もあるだろう」

紫釉自身、直接尋問も出来ておらず、どのような人物なのかも詳しく確認が出来ていない。従来であれば、そういった役回りを劉偉が担ってくれていたこともあるのだ。だが、今劉偉は動けない。

(頼れる人材がいないというのは……難儀だ)

己の身一つで全てを統べられるのであればどれだけ楽か。しかし、紫釉はそれほどの力が己に無いことを理解している。劉偉という人材がいるからこそ、紫釉は皇帝にもなれたのだ。

「紫釉様……どうぞ私にご用命ください。私にしか出来ないことを、私は成し遂げてみせます」

「……玲秋は強いな」

本当は、ずっと後宮の中で慎ましく、平穏に生きて欲しいと思っている。だが、今の環境が、情勢がそれを許さない。

日に日に窶《やつ》れていく兄の喜瑛に対し、梁国の当たりは厳しい。国の混乱により乱れていた汪国を手に入れる大義が生まれるのを、今か今かと待ち受けているのだ。

「手伝ってくれることには感謝している。だが、どうか無茶だけはしないように。それは蓮花、玲秋……二人に言っている」

「はい……有難うございます」

少しだけ照れくさそうに玲秋が笑う。その笑みを見た紫釉が、安堵《あんど》したように優しく微《ほほ》笑《え》んだ。

玲秋は、笑う紫釉の顔を見ているだけで、疲れも、不安も拭われる。紫釉の笑みは、それだけ玲秋にとって心を慰めるものなのだ。

だが、その慰めも癒《いや》されるひと時も、無残にも消え去る出来事が起きた。
紫釉の兄である喜瑛の容態が急変したという報《しら》せが、玲秋の元に届いたのだった。

五章　真実

喜瑛《きえい》についての報せは一部の者のみに知らされ、周囲には箝口令《かんこうれい》が敷かれた。公になれば、梁国《りょうこく》によって宣戦が行われると予想されたためだ。

元々一部の人間のみが看病しており、かつ梁国の者に対して面会を許していない。時間の問題かもしれないが、極秘裏に事は進められた。

箝口令が敷かれた後も、日々謹敬殿《きんけいでん》には早くから家臣が集っていた。皆表情には翳《かげ》りがあり、口を閉ざしては呻《うめ》くような声しか出せずにいる。

ある者は様子を窺《うかが》うように周囲の発言を待っている。

長官が一斉に集ったのも、梁国との今後に備えた話し合いのためなのだが、劉偉《りゅうい》が捕らえられていることにより、難航しているのも事実であった。

劉偉は軍事における最高位であった。戦においては軍師として戦略を立てるだけではなく、大将軍の位でありながら前線に赴き自ら刃《やいば》を振るうのだ。汪国《おうこく》では大きな戦が常にあるわけではないが、外敵との小競り合いや争いが無かったわけではない。その度に劉偉が中心となって事態を解決していたのだ。

その彼が、今この場に居ないことは、汪国にとって大きな痛手であった。

「紹《しょう》将軍を……釈放出来ないのだろうか」

ぼそりと呟《つぶや》いたのは、夏官大司馬《かかんだいしば》であった。夏官は国の軍政を司《つかさど》る機構で、大司馬はその長官の位である。

軍政を司るとはいえど、戦の場において活躍するのは軍であり、大将軍たる劉偉であった。特に劉偉に頼ることが多かった大司馬だからこそ、劉偉の釈放を特に望んでいるのだ。

大将軍は主に軍事に長けた総司令官ではあるが、劉偉は紫釉《しゅ》の後見人となり、政治においても六官《りくかん》を統括する宰相の役目も果たしている。劉偉の手腕は確かなもので、紫釉が聡《そう》明《めい》な彼に頼りきっていたのも事実である。

さらに言えば、六官の半数以上の者が、紫釉が皇帝となった折に職に就いた者なのだ。以前の長官は徐欣《じょきん》の悪政において横領が蔓延《はびこ》り、正しく機能していなかった。皇帝が替わると同時に、腐敗した長官を全て追い払ったのだ。

「………罷《まか》りならぬ」

答えたのは、法や刑罰を司る秋官大司寇《しゅうかんだいしこう》だった。

「紹将軍の検挙に、梁国は強い関心を寄せています。ここで紹将軍を釈放すれば、梁国は見逃さないでしょう。連日梁国から使者が訪れております。家臣の中に間諜《かんちょう》でもいれば直ちに梁国の耳に入ることでしょう。そうなれば我が国は不義の国として罵られ、それを火種に梁国は我が国を襲うことが出来ます。その場合、協定を違《たが》えたのは汪国とされましょう」

「使いの者を寄越して助言を得ることは？」

「不可能ではないでしょう。だが時間も僅かなものです。そのような状態の将軍に助言を得るにしても、十分ではないでしょう」

大司寇の言葉に皆が俯《うつむ》く姿を、中央の玉座から紫釉は悲愴な顔で眺めていた。

築き上げたばかりの王朝は、結束するには時間が足りなかった。紫釉にも言えることだが、劉偉の助言や意見が大きく影響していたのだと痛感した。

「……戦に備えることも大事だが、まずは喜瑛兄上の回復が最優先だ。毒に詳しい者や典医以外の医師も探してほしい。あらゆる薬草を手に入れておくように」

紫釉の言葉にその場にいた家臣は黙って頷いた。

「戦を想定して備蓄と武具の確認はしてほしい。公に動き回る姿を使者に見せてはならないため、夏官に託す。地官《ちかん》は梁国の使者に対し丁重な振る舞いを。梁国は既に兵を近くに寄越しているかもしれない。夏官と地官は梁国に知られぬよう、周辺の調査を」

「御意」

「春官《しゅんかん》は梁国の使者と共に病祓《やまいばら》いの祭祀《さいし》を。そうすればある程度時間は稼げるだろう」

「畏《かしこ》まりました」

恭しく頭を下げる官吏達の姿を黙って見つめる紫釉は、聞こえないように小さく溜息《ためいき》を吐いた。

紫釉はまた、無意識に隣を見上げる。普段であれば劉偉が立つ位置を見てしまうのだ。いつの間にか劉偉に頼りきりであった己を知ることに、紫釉は物憂げに溜息を吐くばかりであった。

玲秋《れいしゅう》が紫釉と会えたのは、喜瑛が急変したという報せを受けてから三日後であった。張津《ちょうしん》の元で勤めていた玲秋の元に、謹敬殿を訪れるよう命が届いたのだ。

玲秋は急ぎ謹敬殿を訪れれば、すぐさま人払いがされ、部屋には玲秋のみとなった。

不安な気持ちを抱いたまま部屋の中で待っていれば、一人の男性が扉を開けて入ってくる。

紫釉だった。

「紫釉様……！」

言葉に出せない不安が顔に出ていたのだろう。紫釉は玲秋の両の頬を優しく撫《な》でる。

「……話は聞いているんだな」

「はい……喜瑛様は」

「今は無事だ。今は、な。詳しいことを話そう」

そうして部屋の扉を全て閉め、外に声が漏れないよう閂《かんぬき》をすれば、日の光で照らされていた部屋は暗くなる。暫《しばら》くすれば目が慣れて、近づくとようやく紫釉の表情が見えた。

彼の顔に、いつにも増して翳りがあるように感じるのは、暗くなった部屋が見せる印象だけではないのだろう。

「兄上の容態だが、毒の種類も分からず、随分と衰弱している……このままだと時間の問題とさえ言われている状態だ」

「そんな……」

解毒、と言っても毒の種類によって中和剤は様々だ。有効そうな解毒薬を見境なく与えて、余計に体力を削らせることもできない。

紫釉曰《いわ》く、数多《あまた》の解毒剤を少量ずつ与えながら効果のあるものを探しているらしいのだが、一向に回復する様子がないという。

「兄の口内から毒らしい匂いもしなかった。今は高熱が続くばかりだ。寝たきりで目覚めぬままだと……体力が持たないと言われた」

玲秋は息を呑《の》んだ。

このまま、喜瑛が亡くなった時……最も恐ろしい事態が起きる。

戦だ。

数十年保たれていた平穏の時代が終焉《しゅうえん》を迎えてしまう。

「そんな……」

「不甲斐《ふがい》ない。毒の種類が摑《つか》めないのみならず、玲秋に手を下そうとした者さえ捕らえられない……どこまでも無力だ」

自嘲する紫釉の表情に玲秋は胸が痛んだ。

玲秋とて分からなかった。何故《なぜ》あの時、玲秋が命を狙われたのだろうか。

「私を襲った者の素性等は何かお分かりになられたのでしょうか」

玲秋の言葉に、紫釉は少し思考を巡らせてから答える。

「分かっているのは後宮ないしは外朝に内通者がいること、明翠軒《みんすいけん》までの地図と、其方《そなた》の特徴を記した紙を持っていたことだ。毒を飲んで死んだため証言は一切なく、素性を調べたが何の情報も出てこなかった」

「…………」

紫釉の説明を聞きながら、玲秋は怪訝《けげん》な表情を浮かべて黙った。

「玲秋、どうかしたのか？」

「どうして私を襲ってきた者は明翠軒の地図を持っていたのでしょう。私の命を狙うのであれば、翡翠軒《ひすいけん》の地図を持っているのではないでしょうか」

「……それは……そうだな……」

言われて紫釉も眉を顰《ひそ》める。玲秋と珠玉《しゅぎょく》は日中こそ共にいる機会が多いが、襲撃に遭ったのは夜の頃だ。もし玲秋を狙うのであれば、翡翠軒の地図を予《あらかじ》め暗殺者に渡しているはずである。

何故なら玲秋が明翠軒で中秋節の祭事を行うことを事前に知っていたのは、余夏《よか》や祥《しょう》媛《えん》といった信頼の厚い官女ぐらいだったからだ。

ならば何故、暗殺者は翡翠軒ではなく明翠軒を訪れたのだろうか。

玲秋には一つの仮説が思い浮かんだ。

「もしかしたら……本当に暗殺したかったのは私ではなく……珠玉様だったのではないでしょうか？」

紫釉の目が大きく開いた。

「……珠玉を？」

「はい。私の姿が書かれていた理由は分かりません。もしかしたら、私と珠玉様の両方を殺すように命じられていたのかもしれません。それは分かりませんが、私の考えが合っているのであれば、狙いは珠玉様……ではないでしょうか？」

襲われた後、紫釉や劉偉は、玲秋が紫釉の寵愛《ちょうあい》を受けている妃《きさき》であるから命を狙われたと考えていた。暗殺者は玲秋の特徴を捉えた情報を持っていたからだ。

しかし、だとすれば玲秋が考えるように、明翠軒の場所を教えているはずがないのだ。

(珠玉様は後宮の中で唯一の少女。他に幼子はいない。だとすれば特徴を記さずとも見れば分かること……)

しかし玲秋は違う。多くの官女が出入りする上に、玲秋は着飾ることが少ない。せめてどのような特徴があるかを記しておくのも道理である。

(暗殺を計画した者は、珠玉様と私を殺したかった……?)

玲秋と珠玉。

二人を殺す。

(……………まさか)

そこに、玲秋には既視感が生まれた。

「………紫釉様。一度目に私が死んだ時のことをお聞きしてもよろしいですか?」

「思い出したくはないが、構わない」

紫釉は苦笑しつつ、顔を上げて玲秋を見つめた。

「一度目の時に、私は確か……珠玉様が持ってきた饅頭《まんとう》を食べて命を落としたと思うのですが……その毒は、何だったのでしょうか?」

紫釉の紫色の瞳が、大きく見開かれた。

あの時、珠玉は嬉《うれ》しそうに饅頭を贈ってくれたのだ。その味を玲秋は朧《おぼろ》げに覚えている。

記憶を辿《たど》る。

一度目の生を、一度目の死を。

紫釉と別れ、高州《こうしゅう》に向かう寂しさを抱いていた玲秋を慰めるように、珠玉が玲秋の元にやってきたあの時を。

今より成長した珠玉の姿は、今でも脳裏に焼き付いている。嬉しそうに頬を赤らめながら、玲秋の元に駆けてきた愛《いと》しい珠玉の姿を。

胸が痛む。けれど、続けて記憶を辿る。

あの時、饅頭を食べた後に襲ってきた痛み、苦しみ、そして吐血。

喜瑛と同じように、口元から血が滴り落ちたのだ。

「もしかして、私が命を失った毒は……喜瑛様と同じ毒なのではないでしょうか」

「それは…………」

紫釉は口元を手で覆い考え出す。当時の記憶は曖昧であった。玲秋と珠玉を失った哀《かな》しみに暮れ、絶望した。

だからこそ思い出すことが難しかったが、それでも紫釉が覚えていることはある。

劉偉が、玲秋と珠玉が暮らしていた屋敷《やしき》に出入りしていた者を全て殺《あや》めていた。使用人、教師、行商人。全て。

劉偉が玲秋を密《ひそ》やかに慕い、そして彼女の死に絶望したが故の行動であることは、同じく玲秋を慕う紫釉にはすぐに理解出来た。

紫釉が手を下すまでもなく、劉偉は全てを葬った。怒りが、悔恨が、慟哭《どうこく》が、全て地を染めたのだ。

「……玲秋。あの饅頭をどうして食したのか覚えているか？」

「珠玉様が下さいました……私に贈り物だと」

「…………………」

紫釉の表情が凍り付いていくさまを、玲秋は見つめていた。

「……珠玉は、一体誰から饅頭を受け取った？」

「それ、は………」

考えもしなかった。

（あの時珠玉様は何て仰《おっしゃ》っていた？）

あの時。玲秋は粗末な屋敷で、高州に向かうための準備をしていた。数少ない荷物を整理している時、珠玉が手に包みを持ってやってきた。

『玲秋！　これあげる！』

頬を赤く染め……嬉しそうに、恥ずかしそうにはにかんで、珠玉は包みを見せてくれた。

中には三つ饅頭があった。

そして一緒に文を渡してくれたのだ。

（あの時……文が嬉しくて、嬉しくて……）

玲秋のために書いてくれた文に感動し、嬉しさのあまり珠玉を抱き締めた。

愛おしい珠玉が、自分のために用意したと言ってくれた文と饅頭。

「たし、か」

『饅頭も美味《おい》しかったのよ。食べてみて！』

（珠玉様は既に饅頭を召し上がっていた）

その後、玲秋は贈られた饅頭を食べた。

久し振りに食べる甘味に舌鼓をうち、もう二つ残っていた饅頭を珠玉に食べて欲しいと伝えた。

「玲秋……思い出せるか？」

玲秋は思い出す。

美味しかった饅頭。だから、珠玉に食べてもらおうと……もらおうとして。

意識が遠のく寸前、饅頭を食べようとしていた珠玉が、驚いた顔をすぐに歪《ゆが》ませて、悲しそうに玲秋の名を呼んでいた声を微《かす》かに覚えている。

「………珠玉様は、私より先に饅頭を召し上がっていらっしゃった。なのに、私と共に亡くなっていらしたのですよね……？」

「ああ。共に眠るように、寄り添って倒れていた」

泣きそうな、切ない表情で紫釉が玲秋の頬に触れた。恐らく当時の玲秋の姿を思い出しているのだろう。

「あの日……珠玉様は勉強をしていらっしゃいました。その日は教師が訪れる日でしたので……珠玉様は部屋でお勉強をなさっていました。もし、饅頭を召し上がるのであれば……その時ぐらいしかありません。でも、それではあまりにも時間が掛かっています。私はすぐに倒れたのに、同じように毒の盛られた饅頭を召し上がっていたとしたら、どうして珠玉様はすぐに倒れられなかったのでしょうか」

「教師……」

「そのように、遅効性にもなるような毒はあるのでしょうか」

「……………無いわけではない。分量や配分を変えたり、毒自体を何かに包んだ上で飲ませれば、そういったことも可能ではある」

紫釉もまた、過去の記憶を辿る。

怒りと絶望に打ちひしがれ、劉偉の暴虐を呆然《ぼうぜん》と眺めていた地獄のような日々を。

当時の記憶に答えがあるのであれば、紫釉は思い出さなければならない。

「……二人を殺した毒は、特定できなかった。既に死後数日が経って……何一つ毒の痕跡が無かったのだ」

毒の痕跡がない。

「それはつまり……」

「ああ。喜瑛兄上と同じだ」

何の毒かも分からず、いつ服毒させられたのかも分からない。

「そして其方を死なせた毒も、兄上が飲まされた毒も、決して簡単に手に入るような代物ではない……人の理《ことわり》を超えているとすら思う」

人智《じんち》及ばざる毒だとして、一体誰がそのような毒を手に入れることが出来る？

そして、一度目の生においても、珠玉や玲秋を殺《あや》めたいと望むような人物。

紫釉は眉を顰める。

「玲秋。隔離されていた時に珠玉の元へ通っていた教師は、誰が手配を？」

玲秋は考える。

唇を押さえた。

「教師は………」

思い出すのは、ある日宦官《かんがん》と共に現れた女性の姿。

宦官が玲秋と珠玉、そして女性を見て告げた。

『──の計らいにより、珠玉に教師がつく。名を──』

見つめる先の女性は穏やかそうに微笑《ほほえ》み、そして。

彼女は誰の名を口にしたのかを、思い出した。

「彼女は……」

玲秋の声が掠《かす》れながらも、その名を口にした。

紫釉の瞳が大きく開いて、そして閉じた。

「……突き止めよう。真実を」

確固たる意志を抱いた言葉に、玲秋は静かに頷《うなず》いた。


「蓮花《れんか》。届けて欲しい竹簡の準備が出来た。任せたぞ」

「かしこまりました」

翌日。玲秋はいつも通り、張津《ちょうしん》の元で官女としての仕事をしていた。多くの会話をしない仕事場で黙々と作業をこなし、今のように使いを命じられれば、道に迷いながらも竹簡を届けている。先日のような事態が起きないよう、人気《ひとけ》の少ない場所は避けて通り、仕事を進めていた。

ひと通りの竹簡を渡した後は、最後の一つを届けるために目的地へと向かう。

そこは、普段出入りをしない場所である。荘厳な建物の前には門兵が立ち、近くを通る玲秋を鋭い眼光で一瞥《いちべつ》する。

玲秋は小さく唾を飲み込むと、遠慮がちに衛兵に声を掛けた。

「尚方令《しょうほうれい》からの竹簡をお届けに参りました。新たに器をご献上するよう申し付けられております。こちらにその詳細が記されていると、張津様より伺っております」

玲秋は竹簡を取り出してから、自身が懐にしまっている判の押された紙を見せる。そこには尚方令張津と分かる印章があった。

門兵は印章を手元にある資料で確認すると、頷いて玲秋を中に通した。

「中に案内人がいる。その者へ渡すように」

「かしこまりました」

玲秋は門兵に礼を告げると、中にゆっくりと足を進める。

ひどく静けさが際立つ敷地の中には、建物が二つほどあり、中には小さな庭園も見かけられた。初めて訪れる場所にきょろきょろと視線を迷わせていると、一人の官女が建物の前に立っているのを目撃して、玲秋の足は止まった。

（ああ……あの方は……）

官女の姿に見覚えがあった。

澄ました顔に神経質そうな顔立ち。一重で目が細く、口元にホクロがある。

（間違いない……）

彼女こそ、かつて珠玉に勉学を教えていた教師その者だった。

「何用です」

冷たい声が玲秋に問う。立ち止まっていた玲秋に対し訝《いぶか》しんだ目線を、彼女から投げられていた。玲秋は慌てて頭を下げた。

「尚方令、張津様からの竹簡をお届けに参りました」

「竹簡をお渡しなさい」

官女が手を差し伸べてくる。

玲秋は緊張した手を震わせないよう毅然《きぜん》とした態度を保ちながら、竹簡を官女に手渡した。

（不思議ね……あの時は優しい教師として接してくださっていたけれど、本来の姿は今の姿なのかもしれない）

官女は決して微笑むことはなく、冷たささえ感じる表情をしていた。

官女はその場で竹簡を確認すると小さく頷いた。

「確かに尚方令の物のようね。受け取りました」

竹簡を纏《まと》める官女に対し次の手を打つ。

「有難《ありがと》う存じます。また、竹簡とは別にこちらをお預かりしております」

玲秋は懐から、先ほどの印章とは別の紙を取り出し官女に渡す。

「竹簡に記した物とは別に、個別にお届けしたい物がございます。張津様個人の物につき、この場でお渡しすることが出来ません。中に……お通し頂けますでしょうか？」

「…………」

官女はまた黙って紙を取ると、静かに読み始める。その間、玲秋の心臓は煩《うるさ》いほど高鳴っていた。

官女は内容を見ると、薄《う》っすらと微笑んだ。

「分かりました。こちらです」

と言って建物に向かい歩き出す。

玲秋は彼女の後ろに続きながら、ちらりと塀の先を見る。

（うまくいきますように……）

心の中でひたすらに祈るばかりであった。

案内された建物の中は薄暗く、だが飾られた装飾品はどれも黄金に輝いていた。赤い壁には一面模様が描かれており、贅沢《ぜいたく》な作りを物語っている。

玲秋は黙って官女の後に続きながら、じっと彼女を見つめた。

一度目の生で彼女と会った時は、冷たい印象は全くなく、穏やかで優しい女性だと感じていた。珠玉も懐き、彼女の訪れを喜んでいた。

（あの時のように、珠玉様が彼女を知ることがなくてよかった）

今の珠玉は官女を知らない。だから、事実を知っても悲しむことはない。それが、悲しみの記憶の中では幸いなことだと思った。

「こちらへ」

官女が入ったのは小さな部屋だった。まるで、人に見られないように、聞かれないように作られたかのような部屋は、まさしく今のような状況に使うのに相応《ふさわ》しいだろう。

「……それで、届けたい物とは？」

狭い部屋で振り返り官女が問う。

玲秋はその場で隠し持っていた小包を取り出し、膝を折って官女に渡した。

「張津様からの御心付けにございます」

恭しく手渡せば、官女は受け取った包みをゆっくりと開いた。

中からは美しい宝石がいくつか転がって出た。そのどれもが稀少《きしょう》で、高額な宝石であると聞かされている。目利きが出来るのか、官女は宝石を手に取ると微笑む。

「確かに受け取りました」

官女が小包を部屋の小さな棚の引き出しにしまうところを、玲秋は黙って眺めていた。

ふと、玲秋の視線に気が付いたのだろう、官女は先ほどの笑みを消し、冷たい表情で「用が済んだのならば立ち去りなさい」と告げる。

玲秋は扉を見つめ躊躇《ちゅうちょ》した時。

外から騒々しい声が聞こえた。

「何の騒ぎなの？」

官女が訝しんでいると、扉から門兵が慌てた様子で入ってきた。

「お知らせします！　建物の西から煙が出ています！　火事の恐れがあります、急いでご退出を！」

「何ですって……！」

官女は門兵の言葉に驚くと、急いで建物の中に戻り、先ほど宝石をしまっていた引き出しを開ける。急いで中の物を取り出し、先ほど渡した宝石と、それ以外にもしまっていたらしい高価なものを布で包む。

玲秋が居ることとさえ忘れてしまったのか、己の身が最優先すべきことなのか、彼女は玲秋に声を掛けることもなく部屋の外へと向かう。手にした布を大事そうに抱き締めながら。

その姿を見送った後、玲秋は扉の先を気にしながら、官女が先ほどまで立っていた棚の前に向かう。だが、中にはほとんど何もない。先ほど官女があらかた持ち去っていったのは、目の前で見ていたから分かっている。

（こういう棚だったら確か……）

玲秋は紫釉から聞いたことを思い出す。

『一部の者だけが知る方法だ』

紫釉は玲秋にそう告げた。

部屋の中を物色するのであれば、どういったところを調べれば良いのか教わった。

大切な物を隠す場合の隠し方、その在り処《あか》。隠す場所によるそれぞれの開け方。紫釉の部屋にも小物を隠すための細工がされた引き出しがあることを教えてもらった。

棚にゆっくりと指を滑らせる。触れて少しでも違和感がある場所を見逃さず、見つけたのであれば軽く小突いてみる。『空洞のような音がすれば、そこをくまなく調べてみるといい』

紫釉の言葉を思い出し、いわれた通りに指でなぞる。耳を澄ませていると一部の箇所で空洞のような音がした。

（ここ……他と音が違う……）

他と比べても確かに音が異なっていた。

（この後は……確か）

『空洞の近くに必ず開けるための仕組みがあるはずだ。引き出しであればその上部分、側面、貼りついた小物。違和感のあるところを調べるんだ』

紫釉の言葉通り、玲秋は空洞の付近に触れて何度となく確かめる。

すると、小さな凹凸部分を見つける。凸部分を指でゆっくり押してみれば、空洞らしき音がした所から小さな引き出しが現れた。

あった、と一瞬喜んだ後、玲秋は引き出しの中身を見る。

（……これは何？）

引き出しの奥には小さな木箱が入っていた。それをそっと手に取る。

木箱以外に何か入っていないかと確認するが、雑多に小物が入っている以外、特に気になるものはなかった。

何が入っているかは分からないが、玲秋は木箱を自身の懐にしまってから外に出た。

建物の外に出てみれば、大きな煙が上がっているのが見えた。宦官《かんがん》や兵達が水瓶《みずがめ》を持って煙の元に向かっている。

幾人かの官女や使用人達は遠巻きに立ち上る煙を眺めている。その中に、先ほどまで会話をしていた官女の姿もあった。相変わらず手には包みを抱えている。

周囲は騒々しく煙の中から出火元を探している。玲秋は、門前へと向かう。

火事の騒ぎに門兵も駆けつけていたらしく、門に人の姿はなかった。

（良かった……！）

姿を目撃されたくなかった玲秋は安堵《あんど》の息を零《こぼ》しながら、その敷地内を後にした。

駆けて向かった場所は、紫釉の執務室だった。紫釉に仕える使用人には伝達済みであったらしく、紫釉のいる部屋まで案内された。

執務室には紫釉と護衛がいたが、玲秋が来ると紫釉は護衛を部屋の外に下がらせた。

二人きりになった部屋で、紫釉は玲秋を優しく抱き締める。両手で頬に触れて安否を確認すれば、心なしか表情を和らげた。

「狼煙《のろし》の目くらましはうまくいったようだな」

「はい。火事があったと報《しら》せを受けて、皆様外に出ていかれました。紫釉様に教えて頂いたように建物内をお調べしたところ、こちらが出てきました」

玲秋は懐から大事にしまっていた木箱を取り出した。

紫釉は玲秋から木箱を受け取ると、開けようとするが、すぐには開かない。どうやら仕掛けがあるらしい。

別の角度から木箱を見つめると、紫釉はカタカタと木箱を器用に動かし始める。何をしているのだろうと思っている間に、木箱の蓋が開いた。

中から出てきたものは、一枚の緑色に煌《きら》めく羽根だった。

「……………これは」

紫釉の息を呑《の》む音が響く。そして、蓋を一度閉じて卓上に置いた。

「玲秋、触れるな」

「は、はい」

念押しされ、玲秋は緊張した様子のまま紫釉を眺めている。

何かを察したらしい紫釉は厚手の布を持ってくると、再度木箱を開く。布越しに摘まんだ羽根を見つめ、険しく目を細めた。

「これだったのか……道理で分からないものだ」

「紫釉様？」

「幸運の持ち主だな、玲秋……いや、きっと其方《そなた》の努力を天はしかと見届けているのだろう」

玲秋に向き直ると、少しばかり距離を開けてから紫釉は羽根を見せた。

「これが、喜瑛兄上に盛られた毒だ……この羽根は鴆《ちん》と呼ばれる鳥の羽根。この羽根には毒が含まれている」

「鴆……」

聞いたこともない鳥の名だった。

「鴆は毒蛇を食す鳥で、鴆が作物の上を飛べば作物は枯れ死ぬと言われている。伝説の中にしか存在しない鳥の羽根……この毒を使い、毒酒を作ることができる。その酒は、味も匂いも、色でさえも変わらないそうだ」

「それは……」

玲秋は瞳を大きく開いた。そのような酒を出されたら、飲むまでは誰も毒とは分からない。

「玲秋と珠玉の饅頭《まんとう》に混ぜたのも、もしかしたらこれかもしれないな。幻とさえ言われる毒羽根だ。その効果もさることながら、どうやって入手できたのかも分からない。だが……この羽根があの屋敷《やしき》にあったのだとしたら…………あの方が全ての主犯であったのだな」

紫釉は木箱に羽根を丁寧にしまうと、玲秋を見据えた。

「これから事が動く。玲秋、其方にも最後まで見届けて貰《もら》いたい。付き合ってくれるだろうか」

「当然にございます。もし、紫釉様にお断りされても……食い下がるつもりにございました」

玲秋の言葉に、紫釉は一瞬驚いた顔をした後、笑う。

「其方は、蓮花になると気が強いな」

そうなのだろうか。

改めて言われても、何が違うのか分からない。

「否、どちらであろうとも、私の愛《いと》しい其方であることには変わらないがな」

優しく額に唇を押し当てる。

くすぐったくて柔らかい唇に愛おしさを抱きながら、玲秋は目を閉じた。

そうして、その日は訪れた。

広き凰柳城《おうりゅうじょう》に、皇族の住む屋敷がいくつか存在する。まずは後宮にある屋敷で、皇帝の妻と、その子供のために用意されたものだ。後宮は皇帝と皇帝の妻や子供のために在る。

それ以外にも、外朝の中に、寺院のように建てられた屋敷が存在する。

皇清殿《こうしんでん》。そこは、皇族に関わる者が出家をした後に暮らす寺院であった。寺院とはいえ、大きくはない。だが、後宮の建造物よりも華やかさは抑えられた造りが、外朝の中でも異質な空気を醸し出していた。

紫釉が幾人かの家臣と共に皇清殿の門前へと向かえば、門兵が驚いた様子で紫釉を窺《うかが》っている。

紫釉はいつものように黒い装束を身に纏《まと》っていた。だが冠は着けておらず、彼が公務で訪れたとは言い難《がた》い雰囲気に門兵は身構える。何より、皇帝の後ろには、家臣らと共に一人、見覚えのない女性が立っているのだ。皇帝が女性を連れ歩くなど、徐欣皇帝時代にしか見たことがない門兵らは、訝《いぶか》しんで見つめていた。

皇帝を目前にした者は皆、跪拝《きはい》をする決まりがあるが、門兵らはあまりの事態に動けずにいた。紫釉が一歩近づいた時、背後に立っていた家臣が声を上げる。

「皇帝陛下の御前であるぞ」

門兵は慌てたように膝をつき、平伏《ひれふ》した。

紫釉は言葉を交わすことなく、中へと進む。

中に居た家臣らも、皇帝の姿に慌てた様子で膝を折る。次々と膝を折り、頭を下げる者達を尻目に、紫釉は家臣と、そして一人の女性と共に目的の建物へと辿《たど》り着く。

建物の中は薄暗かった。朝から訪れたということもあり、火を灯《とも》した蠟燭《ろうそく》は見当たらない。日の明かりだけを照明にしているが、今日は曇り空だった。

質素な建物のはずなのに、目前の扉はいやに荘厳な飾りで彩られていた。その先に、この屋敷の主《あるじ》がいる。

紫釉は扉に手を掛けた。

扉の先にまず見えたのは、床に広がる鮮血だった。

女が倒れていた。

突き刺された剣もそのままに、床に横たわった女の顔に、紫釉は見覚えがない。

だが、共に入室した女性の息を吞む音に、床に転がる女が誰であるかを紫釉は理解した。

紫釉は既に息絶えているだろう女性に向けていた視線を正面へ、屋敷の主へと向け直し、そして口を開いた。

「何をしていらっしゃるのですか？……太后」

太后、と呼ばれた先。

そこには、屋敷の広い部屋の先に置かれた豪華絢爛《ごうかけんらん》な椅子に座る太后慈江《じこう》の姿があった。

太后慈江。元皇帝徐欣の母にして、紫釉の祖母である。

物憂げに腰掛ける慈江は、現れた紫釉の姿に眉ひとつ動かさず、気怠《けだる》い様子で彼を眺めていた。紫釉の問いに答えるつもりはなさそうだった。

紫釉は背後にいた女性――玲秋を見やる。玲秋の顔は青ざめていたが、紫釉の視線に気づくと小さく頷《うなず》いた。

「……証拠を隠滅なさっている最中だったようですね」

見上げ、紫釉が言うと、慈江はふん、と小さく笑う。

「こやつが粗相をしたから殺したまでのことよ」

侮蔑するような眼差《まなざ》しで、遺体……官女であった者を見る。

その眼差しは決して人を見るような色をしていなかった。不快な虫を見かけた時のような眼差しで、女を見下ろしていたのだ。

「……出家をなさったというのに、太后は血を好まれるのですね」

紫釉の言葉に、ぎょろりと太后の目が向けられた。

「………戯言《ざれごと》を語るために妾《わらわ》に会いに来たのではなかろう」

「ええ……太后慈江。貴女《あなた》を捕らえるために参りました」

ゆっくりと一歩、紫釉は慈江に近づいた。帯刀した剣の柄《つか》に手を置きながら、また一歩。

「ほお。何の理由をもって妾を捕らえようとするのか……己が権威を振りかざしに来たか？　稚拙な皇帝よ」

慈江が長く飾られた爪の先を少しだけ上げれば、弓を射る音が聞こえてきた。紫釉は左右を確認する。姿こそ隠しているが、数名が紫釉に対し矢を向けていることが分かる。

紫釉は進めていた歩《ほ》を止める。

「……既にご準備がお済みだった、ということですか」

「はて、何のことやら」

眉を僅かに顰《ひそ》めた紫釉が、背後に立つ玲秋に近づき、そして囁《ささや》いた。

「怖いか？」

玲秋は息を呑み、小さく首を振る。

「いいえ」

「いい子だ」

紫釉が薄く笑う。すると紫釉はそのまま玲秋を抱き締めて、片手をあげた。

「討て！」

低い張りのある声が響いたかと思えば、部屋の扉が盛大に開く。同時に現れたのは複数の武装した兵だった。弓を持ち、慈江の兵が隠れている先に向かって矢を射る。

紫釉は玲秋に当たらないよう、その場で包み込むように抱き締めた。

怒声が屋敷に木霊した。隠れていた慈江の兵が防衛し、紫釉が引き連れてきた兵と交戦する。

紫釉の元に向かい襲ってくる兵もいた。紫釉は玲秋を庇《かば》いながらも帯刀していた剣を抜くと、襲い掛かってくる刺客に対し剣を向ける。

キン、と金属の音が響いた。

紫釉に向かう刃先を刃《やいば》で受け流し、そのまま刺客を斬る。負傷した男はよろけながらも、再度紫釉に向かって襲い掛かろうとしたところを兵に斬られ、その場に倒れ伏した。

剣を構え周囲を見る。兵の奇襲により、隠れていたらしい数名の刺客は捕らえられていた。

ふう、と息を吐いてから抱き締めていた玲秋を見る。

「怪我《けが》は？」

「ございません。有難《ありがと》う存じます……」

怒涛《どとう》の戦闘に、玲秋は紫釉に守られるしかなかった。

騒然としていた屋敷内が静まり返る。床には女の遺体だけでなく、所々に鮮血が飛び散っていた。

負傷し捕縛された者、息絶えた者を確認してみれば、刺客の数は五名だった。

確認していた紫釉が、ぼそりと「少ないな」と呟《つぶや》く。

顔を上げ、慈江を見る。

「貴女に仕える使用人は全部で十名。そこの官女を含めてもあとの四人がいないが、どちらへ？」

慈江はくつくつと笑う。

「よく調べておるの」

「それで、どちらへ」

「何故《なぜ》妾がそんな者らの居所を把握していると思う？　取るに足らない者らが何処《どこ》にいるかなど、知るはずもなかろう」

くだらない、と慈江は吐く。

「珠玉と榮來の元ですか」

慈江の唇が閉じる。

「もし二人の元に向かわせているなら、残念ですが目的は成されません」

微《かす》かに微笑《ほほえ》みながら、紫釉は布で刃の血を拭ってから剣を鞘《さや》に納める。血の水たまりを避《よ》けながら、玲秋と共に慈江に少しだけ近づいた。

慈江が、僅かに怒りを孕《はら》んでいるように玲秋には感じられた。

「中秋節の折、玲秋……彼女が暗殺されかけたことはご存じか？」

「……凰柳城では暗殺など日常であろう？　些末《さまつ》な出来事など妾は覚えておらぬ」

不躾《ぶしつけ》に慈江は玲秋を見る。その目は先ほどと同じで、人を見るような目ではなかった。

「貴女が命じた暗殺についても……ですか？」

「何を言っておる」

はっと嘲《あざわら》笑う声は低い。

血の匂いが充満した部屋で、慈江からは慈悲も、恐怖も、何一つ感じられなかった。

「……正確には違うのでしょうね。貴女は恐らく玲秋の名や容姿の特徴を知ってはいたが、珠玉の側《そば》に仕えている女程度にしか覚えていないだろうから」

慈江の目が細くなり、次いで紫釉と玲秋を一瞥《いちべつ》する。

「中秋節の折、貴女は刺客に命じた。『珠玉と、珠玉の側にいる玲秋という女を殺せ』と」

「…………」

「玲秋が私から寵愛《ちょうあい》を受けている事を知り、子が生まれないよう先手を打って殺すおつもりだったのかもしれませんね……珠玉のついでに」

慈江は黙って聞いている。

「次は抓周《そうしゅう》の時だ。そこで倒れている官女にでも命じたのでしょうか。喜瑛兄上に毒を飲ませて殺せ、と」

紫釉は袂《たもと》から丁重に羽根を取りだした。直接触れないよう木箱に入れられた羽根は、玲秋が官女の部屋で見つけたものである。

「官女の部屋から発見されたものです。何故貴女の官女がこのようなものを持っていたのでしょう」

「妾は知らぬ。官女の部屋から出たのであれば、その者の私物なのであろうよ」

慈江の視線は不快そうに紫釉を見据えるばかりである。その言葉に、紫釉は薄く微笑んだ。

「ただの羽根を見て、何故貴女は『知らない』と答えたのでしょう」

「…………？」

何を言っている、と慈江の目が紫釉を訴える。

「この羽根の意味を知らぬ者から見れば、これはただの鳥の羽根です。何の変哲もない……誰が持っていようと不思議ではない。装飾の類《たぐい》か何かかと思うだろう……だが」

紫の瞳が慈江を捉えた。

「貴女は何故、そこに疑問を抱かなかったのでしょうね。何も知らない者であれば、『それは何か』と問うでしょう。ですが、『知らぬ』と答えた貴女は、この羽根の価値をご存じだった……そういうことでしょう？」

初めて、慈江の瞳が大きく見開かれた。

唇を閉ざし、微かに動揺を見せる表情が、全てを物語っていたのだ。

紫釉はゆっくりと木箱の蓋を閉めると、羽根を袂に戻した。

「珠玉と玲秋に向けた暗殺者。そして喜瑛兄上に毒を盛ったこと……もう、誤魔化すことはできません。貴女は現皇帝に刃を向けた。それだけでも捕らえる理由には十分だ。お分かりだろう？　もう、貴女に勝ち目はないと」

「………………そうか」

ふう、と。慈江は物憂げに溜息《ためいき》を吐いた。背もたれに背を預けながら、長く飾り付けられた爪で指折り数える。

「あと二人……其方《そなた》と珠玉を殺せば終わるところだったのにのぉ。残念だ」

ふう、と。疲れたと言わんばかりに吐息を漏らす。

紫釉の疑念は、確信に変わった。

太后は、汪国皇帝の血を引く人間を殺すことを目的としていたのだ。

「……榮來《えいらい》はよろしいのですか」

「傀儡《かいらい》の王は必要じゃろう？　そういう約束を交わしておったしな」

先ほどまで口を閉ざしていたことが嘘《うそ》のように慈江は語りだす。

「喜瑛は死んだ。梁国に隠しておろうが、先日使者に死んだことを伝える文を渡した。もう間もなく梁国に襲われるであろう。敗北した場合、都合の良《い》い王を立てる必要があろう？　だから榮來を殺すことはせん。まあ……育ったところで、あやつには去勢してもらうつもりだがの」

玲秋は口を押さえた。あまりにも残酷に、冷淡に告げる言葉全てが恐ろしい。幼く、ようやく一歳になった榮來について話すような内容だとは、到底思えなかった。

家畜を見定めるような、同じ人間であると認識すらしないような態度で、慈江は続ける。

「ああ、口惜《くや》しい。あと二人だった。珠玉と、其方。二人を殺せばおしまいだったのに」

「……巽壽《そんじゅ》兄上が殺されたのも太后が命じたからですか」

「あやつは楽であった。お主に一矢報いたいと躍起になっておったからの。手を貸してやろうと言っておびき寄せれば、蟻《あり》のように餌に食い付いてきよった。あれは愚かよ……最も雁祥《がんしょう》に似ておったな」

雁祥。玲秋には聞きなれない名である。

「雁祥は碌《ろく》でもない子よ。本当に虫唾《むしず》が走る……聞くに、今は追放の身。生きているやら死んでいるやら。まぁ……肥溜《こえだ》めの中で暮らすならば、生きておっても死んだようなものよ。既に老いぼれだ。子を生《な》さなければ殺す価値もない」

「そんなに……」

掠《かす》れた声の紫釉が太后に問う。

「そんなに息子が憎いですか。貴女《あなた》が産んだ子が」

紫釉の言葉に、玲秋は思い出す。

雁祥とは、元皇帝徐欣の幼名である。玲秋が生まれ、後宮を訪れた時には既にその幼名は使われていないが、それでも聞いたことがあった。

徐欣は決して賢王ではなかった。愚王と民に呼ばれ嫌われていた王だ。それでも、まさか、彼の血を分けた母親までもが……徐欣に対する言葉を玲秋は信じられなかった。

それだけではない。巽壽も珠玉も喜瑛も、そして紫釉も、太后にとっては孫なのだ。

紫釉と太后の言葉が正しければ、太后は明確な殺意を持って孫を殺そうとした。

「……徐欣を傀儡の王にしたのは……貴女ですか？」

「いいや？　あれは家臣がやったこと。だが、徐欣はあの男によく似て根が腐っておったからの。そう易々《やすやす》と傀儡に成り下がらず、率先して汪国を潰《つぶ》しておった」

慈江は、ははっと声をあげて笑った。

「愚蠢《ぐしゅん》の子は愚蠢であった。まことに醜い子よ」

「生まれた時より醜い子など……おりません……」

玲秋は思わず言葉を発していた。本来なら、太后と言葉を交わすことすら出来ない立場であると知っていても、言葉にせずにいられなかった。

「赤子は皆、何も知らずに生まれます……どのように生きていくのかも、赤子を育てる人によって変わっていくものです」

「性善説を妾《わらわ》に唱えようとでも？」

「……赤子は素直です。愛を与えれば愛を知ります。憎しみを教えれば憎しみをもって育ちます。愚蠢の子となるのであれば、それは太后様が愚蠢であるようお育てになられたということでもあります」

「先ほどから戯言《ざれごと》を申す女だ。目障りだな……」

その目は、不快な物を見る色をしていた。玲秋という口煩《くちうるさ》い虫けらを見ているのだ。

「だが殺すにも、使える者は死んだ。冷宮《れいきゅう》にでも閉じ込めておくか？ 老体じゃ。すぐに死ぬかもしれぬがな」

命乞いすらせず、太后は悠々とした態度のままだった。

玲秋には分からなかった。太后の目的も、望みも、何もかも。

「……貴女は夫である煬帝《ようてい》を憎んでいらっしゃったのですね」

諡号《しごう》を煬帝と称すのは、徐欣の前の皇帝。つまり紫釉にとって祖父にあたる三代前の皇帝のことである。

評判は悪く、徐欣ほどではないが色を好む。だが、煬帝の悪名で最も高いものは、その姑息《こそく》さだった。

自身の命を脅かすものを恐れ、常に不審な家臣に対し毒を盛った。嫌疑が出れば即座に拷問し問い詰め、そのものが死した後にようやく安堵《あんど》するような男だった。

愛妾《あいしょう》もいたが、その幾人かも煬帝の毒によって殺されている。最期の時は、与えられる食事に対し、何一つ信用できなくなり、絶食の後命を落としたと紫釉は聞いていた。

「煬帝は太后を疑い、貴女の食事にまで毒を混ぜたと聞く。さぞ恨みも深いのではないか？」

紫釉は、生まれるよりも前に亡くなった煬帝の姿は絵画でしか見たことがないが、ひどく目が虚《うつ》ろに描かれていたことを覚えている。何も信じられないといった目を、絵でありながら如実に表していた。

太后を見てみれば、崩していた笑みはとうに消え去っていた。感情すら消えているような、喜怒哀楽が奪われた顔をしていた。

「…………忘れられぬわ……あの毒。あの味。口の奥を焼く痛みで、息もできぬ。醜く床に這《は》いつくばり、命乞いをさせられた。血を垂らし、手を伸ばしたというのに……あの男は怯《おび》えた顔をして妾を見ておったわ。まるで化け物を見るような顔をしておった……化け物はどちらだ」

しわがれた声が憎しみに呻《うめ》く。眉間に大きく縦皺《たてじわ》を刻み、ぎりりと奥歯を嚙《か》みしめる音が紫釉と玲秋の元にまで聞こえてきた。

「憎いかと問うたな？　恨みも深いのかと。その通りよ。憎らしい、憎らしいわ。憎くて憎くて何度嬲《なぶ》り殺しにしてくれようと思ったことか……！」

怒声が響いた。

「二度と子を産めぬ身体《からだ》となった。おかげであの男と閨《ねや》を共にすることがなくなったのは幸いだった。だが、あの男の子種を増やすことなどあってたまるものか。あの男の血を、血族を、増やしてなるものか……！　嗚呼《ああ》、恐ろしい！　悍《おぞ》ましい！　あんな男の血など、全て消し去ってくれようぞ……！」

はぁ、はぁ。

荒れる息は太后から漏れていた。怒りが限界に達し、憎しみの限りに叫んだ。その途端、咳《せき》をする。喉に痛みが走るようだ。

ひと呼吸を終えると、額を指で拭う。怒りに震えていた瞳が、先ほどと変わらず虚空を見つめるように紫釉を見据えた。

紫釉は表情に影を落とし、憐《あわ》れむように慈江を見つめた。

「……だから貴女は、殺したのだな……」

紫釉が呟《つぶや》いたそれは、今のことではない。

一度目の生では、玲秋と珠玉を。

高州という遠い地へ行く珠玉を、離れてしまう前に毒を盛って殺した。

二度目の生では、手を下すまでもなく珠玉は玲秋と共に命を落とした。

三度目の……今の生でさえ、太后は幾度か手を下そうとしていた。

そのうちの一つ、充栄《じゅうえい》に贈られた香のことを思い出す。あれは、太后の印が押された物であった。偽りのものか、はたまた何者かが毒を紛れ込ませたのかと思われていたが、そのままの意味だったのだ。

太后が、徐欣の子を妊娠していた充栄を堕胎させようとしていたのだ。

確実に煬帝の血を消し去るために、彼女は隠然と画策していたのだ。

時を繰り返していることなど知らぬ太后は、紫釉の言葉から喜瑛か巽壽のことだと思ったのだろう。

「巽壽は阿呆《あほう》であったからな。良い傀儡となる予定だっただけに無念じゃ。だがそれと同時に、酷《ひど》く憎らしい子よ」

「…………………」

「喜瑛については以前より手が出せぬと思っていたが……今回は良い機会の巡り合わせであった。汪国に再び足を踏み入れてくれるとは思わなかったからな。梁国は戦が終わって数年であるが故に資源に飢えておるのは明白。軽く誘ってみれば易々と策に乗じたわ」

阿呆は手軽でよい。

罪悪の感情など慈江には何一つなかった。

「……それほどまでに、煬帝の血がお嫌いか。貴女の血も同じく流れた者達であるのに」

紫釉の問いは嘆きにも近かった。

孫である彼の言葉を聞き、姿を見ても太后は表情を変えず、唇を微《かす》かに開き。

「憎い」

そう、答えた。


珠玉は余夏によって腕を引かれながら、急いで充栄の元に向かっていた。

何が起きるのか全く分からない。ただ、余夏からは「榮來様にお会いになれます」と言われ、それだけは嬉《うれ》しかった。

しかし、幼い珠玉とて、大人達が緊張していることは分かった。屋敷《やしき》に入り、榮來と会えたが、早々に二人して奥の隠れ部屋のような場所に連れていかれた。

「かくれんぼです。良いと言うまで、出てきてはなりませんよ」

余夏と祥媛は珠玉に伝えるが、その表情は真剣そのものだった。

榮來は、彼をよく世話している乳母に抱き上げられている。乳母は不安そうな表情をしていたが、余夏に「頼みます」と告げられると、静かに頷《うなず》いた。

「さあ……珠玉様。静かにお待ちしていましょう」

乳母の言葉に従う前に、珠玉には確かめることがあった。

「余夏。玲秋は、玲秋は私を見つけに来てくれるの？」

幼い珠玉が、不安の混じった顔で尋ねる。

余夏は僅かに驚いた顔を見せながらも、小さく頷いた。

「はい。玲秋様が必ず珠玉様を見つけて下さいます。だから、暫《しばら》く隠れましょう。簡単に見つかってしまっては、面白くないでしょう？」

「…………うん」

珠玉は泣きたくなるのを我慢した。

怖い思いはもうしたくない。狭いところだって嫌だ。この間も暗く狭い場所に閉じ込められて、そして、珠玉が危ない目に遭った。

「榮來、隠れてよう」

榮來は乳母の腕で心地好《よ》さそうに眠っている。起こさないよう小さな声で囁《ささや》いて、そうしてゆっくりと、自身の隠れ部屋の扉を閉めた。

何と賢く優しい子だろう……余夏は感服した。まだ幼い少女が、己の恐怖よりも大人の為《な》すことに口を挟まず従っている。その事情を、尋ねずとも察したのだ。

珠玉は察すると同時に、彼女の慕う玲秋のことも気遣った。玲秋を想《おも》う珠玉の気持ちに、余夏は心から感動した。

だからこそ珠玉を護《まも》らねばならない。

余夏と祥媛が隠れ部屋から広間へと戻れば、そこには充栄が立っていた。彼女の付近には武装した者がいるが、宦官《かんがん》と官女である。後宮にも兵はいるが、数は多くない。

充栄が自由に動かせる部下となれば、官女や宦官しかいない。

余夏と祥媛は部屋に置いていた刀を手に取った。

部屋の扉は締めきっている。

「………何事も無ければ良いのだけれど」

充栄が物憂げにぼやいた。彼女の手にも小刀が握られていた。

だが、彼女の望みも虚《むな》しく、それは訪れる。

一つしかない扉が乱暴な音と共にぶち破られた。呆気《あっけ》なく木の扉は床に這いつくばり、侵入者を止めることは出来なかった。

黒布で姿を隠した刺客がぞろぞろと侵入してきた。その数は四名。

手に刀や弓矢を持ち、殺意のみを向けて入ってくる。

余夏が刃《やいば》を大きく振りかざし、一人の刺客と対峙《たいじ》する。刺客もまた剣を構え、互いの刃が重なる音が響く。

矢が放たれると同時に、宦官の一人から悲鳴が上がる。充栄は僅かに身を後ろに下げる。

刺客の刃が官女を斬る。女の悲鳴と共に鮮血が辺りに飛び散った。

充栄に向けられた矢を見た祥媛が、身を挺《てい》し充栄を庇《かば》う。矢尻は祥媛の肩を掠《かす》める。

「祥媛！」

「問題ございません！」

肩から血を流しながらも、祥媛は正面を向き刺客に向けて剣をかざす。

刺客はゆっくりと祥媛と充栄に近づいた。布地に隠れた顔は、もしかしたら笑っているのかもしれない。

刺客が剣を振りかざす。

だが、その刃が二人を襲うことは無かった。

「遅いのよ……馬鹿《バカ》」

充栄が笑った。表情は安堵に満ち、けれど発する言葉は皇太后らしからぬ悪口だった。

刺客は動きを止め、力なくその場に膝をつき倒れ伏す。

その背後には、劉偉が立っていた。

頬は痩せこけ、衣服は薄汚れ、髭《ひげ》が不精に生えたみすぼらしい姿であっても、彼の佇《たたず》まいは何一つ以前と変わらない。

「すまない」

灰色の髪を緩く結んだだけの男は困ったように告げると、刺客が手にしていた剣を取り、残りの刺客の元に翔《か》ける。

刺客は突如現れた劉偉に驚き、隙が生まれる。何より、刺客が幾人で掛かろうと、劉偉に遠く及ばないのだ。

速さが、動きが違う。無駄なく素早い動きは刃すら余裕をもってかわし、見えぬ間に刺客に斬りつける。今まで余夏達が苦戦していたことが嘘《うそ》のように、劉偉の剣は的確に刺客を仕留めていく。

それは、剣舞にも似た美しさだった。

四人の刺客が倒れ、部屋が静まりかえる。

「………ご無事ですか、皇太后」

「無事よ。貴方《あなた》がもう少し早く来れば、祥媛も私の臣下も怪我を負わなかったけれどね」

「無茶を仰《おっしゃ》る。罪人上がりが後宮に潜り込むのに、どれほど時間が掛かると思っておられるのですか。祥媛、すまない」

「いえ……とんでもございません」

祥媛は恐縮するばかりである。まさか、名を覚えられていると思わなかったのだ。

「ひどい顔。身支度を整えて頂戴。その姿で榮來に会われたら大泣きするわ」

臣下の一人の名を呼ぶと、劉偉の身支度の手伝いをするように命ずる。残りの者には怪我人の治療と、荒れた部屋の片付けを。

「片付けが終わったら余夏、貴女《あなた》は槳來達を連れてきて。かくれんぼはもうおしまい」

「かしこまりました」

それぞれが命じられたままに動き出す。

充栄はゆっくりと椅子に座る。平静な姿を見せていたが、僅かに手は震えている。

(……紫釉様の仰る通りだったわね)

刺客が襲撃に来るだろうと告げられたのは、数刻前のことだった。

突然のことに耳を疑った。出来る限り身を隠してほしいと。かつ、珠玉と共に身を潜めてほしいと頼まれた。

珠玉の元には護衛がいない。せいぜい余夏だけである。

はっきりと紫釉は告げた。狙いは槳來と珠玉である、と。

皇族の命を狙う不届き者の名を尋ねた。そこまで分かっているのであれば教えろと、充栄は訴えたのだ。

(まさか……太后だなんて……)

紫釉が口にした名に、充栄は驚愕《きょうがく》した。

彼女の孫にあたる子を、望んで殺そうとする理由が分からなかった。

特に、珠玉については太后が後見人として名乗りを上げていた。何一つ手を貸すことなど無かったのも知っているが。

（それも、殺しやすいからということ……？）

分からない。充栄には全く分からなかった。

榮來が生まれ、母となってから充栄は変わった。己が腹を痛めて産んだ子が可愛《かわい》くて仕方がない。

それでも、時には鬱陶しいと思うこともある。夜中にまで泣き止《や》まず、睡眠を削《そ》がれる時などはそうだ。

だが、その想いは子の微笑《ほほえ》む姿で浄化される。鬱陶しいと思ってしまったことに罪悪感すら覚えることもある。

そんな充栄に、見舞いに訪れた己の乳母が言っていた。誰もが完璧な母になどなれない。母は子と共に成長するものだと。いくら己が命を削り産んでも、子は一人の人間である。一人の人間と共に生きていく。それを絆《きずな》として結ばれていくのだと。

その言葉を充栄は今、身をもって学んでいるのだ。未来の皇帝として相応《ふさわ》しい賢王となるためにも、充栄は榮來と共に学んでいく。

かつての夫を思い出す。

（あの御方は……誰にも育まれてこなかったのね）

母でなくてもよかった。誰でもよかった。

彼は愚王となって終幕した。

悲しいことに、充栄もまた、彼を利用した一人にすぎないのかもしれない。

物思いに耽《ふけ》っていると、別室から扉の開く音がした。顔をあげ、そちらに視線を向けてみれば劉偉が現れた。

髭は剃《そ》られ、髪は急いで洗ったのだろうか、濡《ぬ》れているが整えられていた。衣服は官吏服を着ているが、丈が僅かに短いものの先ほどの服より良い。恰好《かっこう》には不似合いに帯刀していた。

「皇太后」

「まともな恰好になったわね」

充栄は劉偉に近づくと、そっと抱き締めた。

「お帰りなさい」

「不肖の弟でした。申し訳ございません」

「いいわ。貴方にとっても不可抗力だったでしょう。此度《こたび》の貢献に免じて許します」

言葉とは裏腹に、充栄の手は優しく劉偉の背を撫《な》でた。少ししてから身体《からだ》を離し、劉偉を見上げた。

「皇帝を護りなさい。あの方は皇清殿にいらっしゃるわ」

「御意」

劉偉は頭を下げると屋敷の扉を出ていった。急ぎ足で、人の少ない後宮を後にする。

まるで間を見計らったかのようにして、奥の部屋から珠玉と余夏、そして乳母に抱っこされた榮來が入ってきた。

「珠玉様。榮來と共にかくれんぼ、有難《ありがと》うございました」

幼い珠玉は充栄の顔を見ると、少し安堵《あんど》したような様子を見せながらも寂しそうに笑った。

「玲秋がまだいないの」

「そうですね……きっと紫釉様と隠れていらっしゃるのでしょうね」

紫釉の名を口にすれば、珠玉は笑う。

「紫釉兄さまと一緒なら、きっと安心だね。あ、えっと、かくれんぼのことよ？」

「……ええ。そうですね」

血溜《ちだ》まりを作った刺客の遺体は既に片付けられている。強い香を焚《た》いて匂いを誤魔化しても、充栄の鼻腔《びこう》には血の匂いが残っていた。

我が子を預かり抱き締める。幼い我が子の足元には一体どれほどの血が流れるのであろう。

「かわいい子……強くなるのよ」

母に出来る努力など、ほんのひと握りでしかない。正しき道を教えられたらと思う。

それでも、血に染まる王朝で、生き永らえるかなど分からないのだ。

だからこそ、強く在ってほしいと願う。

それが、充栄の願いであった。

その後、慈江は黙ったまま連行された。

向かう先は冷宮だ。

捕縛を嫌がることはなかった。老体を考慮し両腕に縄を付けられる様を、慈江は黙って見つめていた。

「ああ……そうだ」

思い出したように紫釉が言う。

「喜瑛兄上は生きています。その事実は梁国にも伝達済みです。残念でしたね」

拘束された慈江の瞳が大きく開いた。

「死んでいない……？」

「ええ。死んだと偽りの情報を流しました。ですが生きています。貴女が盛った毒が鴆毒《ちんどく》と分かったので、すぐに解毒薬を与えました。あの毒は……貴女に盛られた毒と同じだったのですね。お陰で解毒薬がすぐに手に入りました」

「おのれ……おのれ……！」

呪いを吐くような、低い声が唸《うな》る。

「ああ、もっと早く殺しておけば……！　あの官女をさっさと殺せばよかった！　あの羽根を焼き捨てればよかった！」

「……あの羽根をどうやって手に入れたのですか？　煬帝の物は全て処分されているはずだ」

鴆の羽根は滅多に手に入るものではない。空想の生き物とさえ言われる鴆の羽根を得るなど、皇帝の名を使っても出来るかどうか難しいほどだ。

目を見開いたまま慈江は呻《うめ》く。

「呪詛《じゅそ》よ。呪術を用いて願った。神は聞き届けた。それだけのことよ」

「神……？」

「汪国の血を途絶えよ。忌まわしき男の血を絶えさせよ。汪国の大地を血で染めよ」

ブツブツと慈江は唱えだす。

大地を血で染めよ。その言葉に紫釉の動きが止まった。

「貴女は何に願った……」

虚《うつ》ろな目は虚空を見つめながら、それでもなお唱えていた。

「妾《わらわ》を殺そうとした憎き夫の血を途絶えさせよ。汪国に平穏などいらぬ。血で全てを染め給《たま》え……四凶《しきょう》、窮奇《きゅうき》よ」

窮奇の名に紫釉は絶句した。

その神は神獣と異なり悪鬼である。

渾敦《こんとん》、檮杌《とうこつ》、饕餮《とうてつ》、そして窮奇。

これらが四凶と称される悪神である。

窮奇は牛のような、見る者によっては虎のような姿をした悪神である。

人語を理解し言葉を語るとも言われているが、鴆と同様に空想上の生き物とされている。

その名を、慈江が口にしたのだ。

「貴女は何というものを呼びだしたのだ……悪神を呼ぶなど、到底常人の行いではないのだと、分かっているのか!?」

あまりの恐ろしさに、紫釉の頬を汗が伝った。空想話や絵空事と笑って済ませられるような話ではない。慈江の行いが真実であるならば、悲しいことに辻褄《つじつま》があうのだ。

何故《なぜ》、神が紫釉に語り掛けてきたのか、の。

二度に亘《わた》り時を戻し、三度目の生を繰り返させた……その理由が今、ようやく分かった。分かってしまった。

「神は……だから私に語りかけたのか……血に染まる元凶は、自身の血なのだ。だからこそ、清算せよと……そういうことなのか……」

天から降り注いでくるように下りてきた言葉を、紫釉は忘れるはずもなかった。

一言一句、胸に刻まれている。

『血に塗《まみ》れた大地を元に戻せ』と紫釉に伝えてきた。

言葉ではない言葉を、まるで紫釉の頭に直接語り掛けるようにして、その声は紫釉に命じたのだ。

『時を戻し、全てを改めよ』と。

だから紫釉は、時を戻せた。二度に亘り、智略《ちりゃく》を整え、未来を把握していることを武器に皇帝の地位を得た。

全ては、玲秋を取り戻すために。

前髪が微《かす》かに零《こぼ》れ落ち、顔に掛かった黒髪は、美しい紫釉の瞳を隠していく。

玲秋は、紫釉の零れた前髪を人差し指で掬《すく》い、耳に掛ける。玲秋の動作に紫釉は顔を微かに上げる。美しい紫色の瞳が玲秋を切なくも愛《いと》おしそうに見つめてくる。

言葉がなくとも、紫釉の瞳は多くを物語っていた。

一度目の生の頃から、何度だって紫釉の瞳に惹《ひ》かれてきた。

二度目の生では、文の一文から、言葉にせずとも慈しんでくれる紫釉の想《おも》いが伝わって、嬉《うれ》しかった。

愛しい人が囁《ささや》き、語る言葉の全てを玲秋は聞いていた。真実を知らないままに命を失うともあった。彼の全てを知ることもなく、死を迎えてきた生き方だった。

自身は無力で、足掻《あが》くことしか出来ない。か細い腕で望む未来を得ようとも、その腕ではろくに抱えることは出来なかった。

けれど、一つだけ確かなことがある。

それは紫釉を抱き締めることが出来るのは、自分だけだ。

髪に触れていた指先を、紫釉の頬へと移す。

かける言葉は何もない。

ただ、見つめていた紫釉をゆっくりと抱き締めた。

背が伸びて、すっかり玲秋を追い越してしまった背中は大きく、包み込むことも出来ない。それでも強く……そして優しく紫釉を抱き締めた。

抱き締めていた身体がぴくりと動いたかと思うと、両の腕で玲秋を抱き締め返してくる。

息苦しいほどの抱擁が心地好《よ》くて、安心出来る。

(此処《ここ》にいます)

心の中で紫釉に囁いた。

(紫釉様のお傍《そば》にいます。決して……もう離れたりはしません)

玲秋は、紫釉の求めるものが、己自身であると知っている。自惚《うぬぼ》れなどではなく、確かな事実。

紫釉がその望みを叶《かな》えるために、どれほど辛《つら》い生き方を強いられていたのか……その全てを知ることは出来ない。

玲秋に出来ることは限られている。

それは、絶対に紫釉から離れない。

それだけだ。


「皇帝陛下」

慈江を兵に引き渡し、冷宮へと連行させるため建物の外に出たところで、門を駆けてくる男性の姿と共に、張りのある低い声が聞こえてきた。

官吏の服を着た劉偉である。

「劉偉」

玲秋と共に並び慈江を眺めていた紫釉の姿を捉えれば、劉偉は紫釉の足元に膝をつき、その場で頭を地に付けた。

「不徳の致すところです。申し訳ございませんでした」

「許す。顔をあげてくれ」

劉偉は間を置いて、ゆっくりと顔をあげた。

「其方《そなた》に落ち度はない。むしろ、皇族の血が招いた恥だ……すまない」

「謝らないでください。陛下にお仕えし、お守りすることが私の役目と存じます。役目を果たせない私もまた恥ずべきでございます」

「お互い様だな」

苦笑する紫釉の声色に、劉偉もまた静かに微笑《ほほえ》んだ。

「立ってくれ」

紫釉が告げれば劉偉は立ち上がり、紫釉の隣に並んだ。

「見ての通り、全ての元凶は太后であった。恐らく、今回の件だけではないだろうな。余罪も多く出てくるだろう」

「はい」

「劉偉。その全てを明るみに出してくれるか？」

「御意」

「私はこれから梁国との和平の交渉に注力するつもりだ。兄は一命を取り留めた。これから全力で回復して頂かねばならない」

「そうですね」

牢に居た中で、張津を通じて情報を得るしかなかった劉偉だったが、話を聞く度に紫釉の行動に感嘆した。

好戦的な皇帝であれば、梁国に対し望んで戦を仕掛けるようなことだってあるだろう。戦力は互角か、それ以上である。ただ、統制力という面で、今の汪国皇帝は地に落ちているところであった。だが、戦によって功績を得るという方法もあるのだ。

紫釉はそれを望まなかった。

血を流すことを厭《いと》い、平和と解決を優先した。

紫釉の隣に立ち、前髪を風になびかす玲秋を見る。劉偉には分かっている。紫釉の原動力は何時いかなる時も玲秋に在る。

血を流せば玲秋の瞳は憂いを帯び、国が荒れれば玲秋の表情は不安に翳《かげ》る。

だから、紫釉は国の平穏を保つのだ。

（恐ろしい方だ）

何より恐ろしいことは、その自覚が玲秋自身に無いことだ。

紫釉が自身を大切にし、そのために行動することまでは知っているのだろう。だが、本質はそこだけではない。

全てを成し遂げてしまえる紫釉であれば、汪国を今以上に血で染め上げることも、梁国を侵略し、我が物にすることすらもできるのだ。

もし玲秋が「梁国がほしい」とねだるのならば、きっと紫釉は幾重もの策を練り、人心を掌握し、毅然《きぜん》とした態度で戦を持ちかけるのだろう。

そして彼女に差し出すのだ。「貴女《あなた》の望んだ国だ」と。

（皮肉なものだ）

女によって国を滅ぼしかけた皇帝の血が、女によって恒久の平和を得ようとしているのだから。

それを、血の因果と言わずして何と言おう。

それでも尚《なお》、劉偉は付き従い仕えるまでだ。

「……………玲秋殿」

「はい」

名を呼ばれ、官女の恰好《かっこう》をしたままの玲秋は改めて劉偉を見上げた。

美しい瞳に、涼やかな顔。

愛しさがこみ上げる。

だが、それだけだ。

「其方には心から感謝の言葉を贈る。……世話になった」

「そんな、恐れ多いことにございます」

「謙遜しないでくれ。其方の働きによって、また国は良くなるのだ」

劉偉の言葉は紛れもない事実なのだが、言われた当人は世辞だと謙遜するだけだろう。

「……救われた。本当に有難《ありがと》う」

血のように赤い瞳が揺れれば、それは紅玉のように煌《きら》めく輝きをもって玲秋を映しこんでいた。瞳に刻まれる玲秋の姿を焼き付ける。

控えめな瞳。僅かに下がる眉。憂いを帯びた顔は、微笑むと、大層美しい。

「時に、後宮では珠玉様が貴女を待っている。珠玉様にはかくれんぼをしているということで通しているから……見つけてやってくれ」

珠玉の名を口にすれば、玲秋は驚いて顔をあげた。

玲秋には珠玉に襲撃があったことを知らせていないようだ。

不安を帯びた眼差《まなざ》しが向けられれば、紫釉は黙って頷《うなず》く。

「張津を呼び、急いで後宮に戻るといい」

「はい……！」

失礼いたします、と二人に向けて頭を下げれば、玲秋は急いで駆けだした。

その後ろ姿を、男二人で黙って見つめていた。

「珠玉様には、毎度のことですが妬《や》けますね」

「そうだな」

劉偉の皮肉に、紫釉は素直に頷いた。それから劉偉を見上げる。

「お前もだろう？」

「……………」

視線を逸《そ》らさず、劉偉の赤い瞳を紫の瞳が見据える。言葉の意味が分からない筈《はず》もなく。

劉偉はふっと、笑う。

「ええ。そうですね」

晴れ晴れとした笑顔だった。戦や智略、国のために奔走する大将軍の顔ではなく、ただ一人の男性、紹劉偉としての顔なのだろう。

「玲秋殿をお慕いしています」

「……………慧眼《けいがん》だ。そこは認めよう」

「有難う存じます」

「だが」

隣に並んでいた身体《からだ》の向きを変え、紫釉は劉偉と正面に向き合った。

「渡すつもりはない」

彼もまた、皇帝としての姿ではなく、紫釉という人間として劉偉に向き合っていた。

ひときわ険しい表情を見せ、そうして挑むような眼差しで劉偉を見据えていた。

「……分かっています」

分かっている。

この想《おも》いを伝える事は、一生無い。

心に封じ、劉偉の胸にしまい込み、いずれ消えて無くなる日を待つだけだ。

玲秋は一度だって劉偉を見ない。

彼女がひたむきに愛する人は紫釉なのだ。

劉偉ではない。

分かっているのに、何と浅ましい。

護衛として傍にいられる時間が愛《いと》しかった。

牢に閉じ込められた劉偉に会いに来てくれた事が嬉《うれ》しかった。

名を呼ばれるだけで、己の名が好きになった。

声を掛けられるだけで、永久に聞いていたいとさえ感じられた。

(これが、恋情なのか)

それは、かつて劉偉が軽蔑し、国のためにならないと切り捨ててきた価値観そのものである。

女によって国が乱された過去が疎ましかった。何故《なぜ》そのように翻弄されるのか、理解も及ばなかった……だが、分かってしまった。

玲秋を手に入れられるのであれば、地を血に染めることすら考えてしまい兼ねない暴力的な思考に、己を見失うのではないかとすら……思ったのだ。

だからこそ、己を律しよう。

想いを心にしまい込もう。一度知ってしまった想いを口にすることは容易《たやす》いだろう。だが、それが何よりも愛しい玲秋を傷つけることを、劉偉は知っているから。

だから、黙るのだ。

愛しいから……沈黙を貫き続けるのだ。

それも確かに、愛の一つなのだから。

「ああ、そうだ」

紫釉が思い出したように口を開く。

「今度玲秋に剣舞を見せたい。夕刻から夜半の間で構わないから日を決めておいてくれ」

劉偉は一瞬呆気《あっけ》に取られてから、大きく声をあげて笑った。

「ははっ……本当に……狭量でいらっしゃる」

琴《きん》を聴かせて貰《もら》った時に話していたことを思い出す。

剣舞を見たことがないという玲秋が、劉偉の剣舞に興味を抱いていたことを覚えているのだ。

（まったく……）

何処《どこ》までもひたむきで、何処までも真っ直《す》ぐに想い人を求める紫釉の姿に、劉偉は笑う。

いっそ清々《すがすが》しいほど、ほんの僅かな隙さえ与えない紫釉と玲秋の想いに。

己の恋情の入る隙などないのだ。

(それでいいんだ)

どうかこのまま隙を与えないでくれ。

いつ何時、魔が差してしまうか分からない己の醜い心を、打ちのめすほどに。いずれ燻《くすぶ》る己の心が昇華するその時まで。

(幸せであれ)

それこそが、劉偉の願いである。

押し込められた薄暗い部屋は黴臭《かびくさ》く、悪臭に溢《あふ》れていた。

閉ざされ、施錠された窓から微かな月明かりが部屋を僅かに明るくするが、それでも薄暗かった。

太后であったこともあり、他に同室する者はいないが、別室から呻《うめ》き声が微《かす》かに聞こえてくる。

粗末な敷布団《しきぶとん》の上に座り慈江はぼんやりと正面を向いた。

彼女の前には薄汚い壁と、虫と、施錠された扉があった。

だが、慈江にはその全てが見えていなかった。

目に見えているものは、華やかな女達と、それを囲う小心者の夫の姿。

『慈江……其方《そなた》は私を愛しているか？』

そう、夫は問うてきた。

『勿論《もちろん》にございます。あなた様』

嘘《うそ》である。

『本当に……本当に愛しているか？』

『ええ、ええ。愛しております』

偽りである。

何故なら、慈江は夫から「愛している」と言われたことがないからだ。

（与えられていない物を、どうやって与えられると思っているのかしら）

慈江は不誠実な夫が嫌だった。

政略として幼い頃より妻になることが定められていたから妻になったが、慈江自身は夫である煬帝に何の興味も示さなかった。

慈江は内気で表に出るような娘ではなかった。幼い頃より占術を好み、自身の運勢を眺めることが好きだった。

占術の結果はいつもいまいちで、ではどうすれば運気が上がるのかと、風水を学んだりもした。配置にこだわり、物や色にこだわった。

夫に従順であれと、周囲も占いも慈江に告げる。だから慈江は夫に従った。

疎ましい側妃達《そくひたち》は占いばかりする慈江を嘲笑《あざわら》った。これ見よがしに嫌がらせをするほどだった。

夫に苦言を伝えたかったが、我慢した。従順であれ、従順であれ、従順であれ。

さすれば己が幸福になれると信じたからだ。

だが、結果は散々だ。

子をようやく一人産んで正妃としての威厳を得た矢先、夫に毒を盛られたのだ。

死にかけた身体はあっという間に弱った。歯が欠け、目元に窪《くぼ》みができるほど痩せ細った。

煬帝は見舞いに来なかった。

謝罪の言葉もなかった。

より後ろめたそうに、しかし嫌疑の眼差しを未《いま》だ残したまま慈江を見ていた。

許せなかった。

赦《ゆる》せなかった。

どうにか解毒することが出来た時には身も心も襤褸《ぼろ》と化し、慈江は屋敷《やしき》に引き籠った。

あらゆる風水や占術の道具を捨てた。

信じた結果がこれだ。

何を信じろというのか……

恨めしい。

疎ましい。

憎い。

殺してやりたい。

憎悪は膨れ上がり、やがて憎しみは行動へと変わる。

まず、自身の不幸を嘲笑った側妃を殺した。

次に、夫が寵愛《ちょうあい》した側妃も殺した。

煬帝は怯《おび》えた。

誰が殺したのだと、眼差しを強めたが……一度毒を盛った慈江に疑いの目を向けることはなかった。

次々に周囲の人間を死なせた。

刺客を増やし、側仕《そばづか》えにさせた。

誰も疑わなかった。

呪術を学んだ。

占術や風水などのような生ぬるいものではない。生き血を使い、命を削り、呪いの類《たぐい》を覚えた。

呪え。

滅べ。

自身を殺そうとした夫の全てを殺せ。

己が腹を痛めた赤子を、抱いてみてくださいと、乳母が渡してきた。

言われるがまま抱こうとしたが、その手を止めた。

顔が、夫に見えたのだ。

皺《しわ》を刻み、疑心暗鬼に慈江を一瞥《いちべつ》する男の顔がそこにはあった。

化け物だと思った。

以来、赤子の事は忘れた。


呪術は、功を成した。

奇跡は起きた。

呪術によって呼び起こし、唱え続けた願いを聞き届けてくれるという声が聞こえたのだ。

『大地を血に塗《まみ》れさせ、汪の皇族を根絶やしにするのだ』

慈江は頭を地に付けて跪拝《きはい》した。誇り高き皇后の地位を確固たるものとした彼女は、初めて膝を折り、頭を地に付けた。

その願い、必ずや聞き届けましょう……

慈江の言葉に応えるように、数枚の羽根が舞い降りた。

手に取ってすぐに分かった。

慈江を死に至らしめようとした毒鴆《ちん》の羽根だ。

嗚呼《ああ》、嗚呼。

必ずや血に塗れさせましょう。必ずや約束を果たしてみせましょう。

そう誓い、生きてきた。

「口惜しいのぉ」

看守にも聞こえない小さな声で慈江は囁《ささや》いた。

国を、大地を血に染め上げるため、まさに心血を注いできたのに、その大業が成されない口惜《くや》しさは慈江の心を蝕《むしば》んだ。

抗《あらが》おうにも太后は年老いていた。ろくに動けぬ老体は、もはや抵抗をすることも出来ないだろう。

薄汚い埃《ほこり》を被《かぶ》った牢《ろう》の中で、慈江は髪につけていた簪《かんざし》を抜き取った。

簪は羽根飾りであった。

ぷつりぷつりと羽根を捥《も》ぐ。

一つだけ微かに色の違う羽根に触れた。

「誰かおるか」

嗄《しわが》れた声が人を呼ぶ。

暫《しばら》くすると、気だるげな衛兵がやってくる。やってくると慈江を一瞥する。

「喉が渇いた。水を一杯持ってきておくれ」

「………」

舌打ちが冷宮に響いた。

面倒そうに衛兵が離れ、少しすると汚れた椀《わん》に水を汲《く》んで持ってきた。

乱暴に渡された椀から水が飛び散って、慈江の手を微かに濡《ぬ》らした。その水は羽根にも付着した。

羽根を水に浸す。何度も何度も繰り返す。

水の色は何一つ変わらない。匂いとてせず、ただの水だ。

椀の中の水面に映る慈江は、笑っている。

大業は成しえない。それでも幾つかの望みは叶《かな》えられた。

(神の望みを果たせなかったが……それでも成し遂げたのだ)

汚らしい部屋の片隅から、鼠《ねずみ》の鳴く声が聞こえてくる。異臭が立ち込める部屋に長居はしたくないと、見張りの衛兵はその場から去っている。

閉ざされた建物の窓から零《こぼ》れる、微《かす》かな月明かりが慈江を照らす。
水に浸した羽根を床に置き、慈江が飲み干す姿を見つめる者は。
鼠ただ一匹であった。

終章　後宮は処処啼鳥を聞く

美しい花の花弁が、風に乗って城内を駆け巡る。朱色の建物が薄桃色の花弁によって彩りを増し、より華やかさを引き立てた。

青い空は鮮やかで、心地好《よ》い風が大地を揺らす。草木は風と共に音を奏で、鳥達と共に演奏する。

誰もが空を見上げては頬を緩ませる。太陽は眩《まぶ》しいくらい大地に照明を当て、今日という日を喜んでいた。

梁国《りょうこく》との話し合いは決して長くもなく短くもなかった。誰もが戦の始まりを危惧していたが、汪国《おうこく》皇帝紫釉《しゆ》の働きと、体調が回復した喜瑛《きえい》の言葉により、事態は収束していった。

全ての首謀者であった慈江《じこう》は自害した。改めて罪状を見直すはずであった太后の死は汪国の民に衝撃を与えたが、死してなお、罪人としての処罰を下した後に身分を剥奪した。

気が付けば季節は春となり、紫釉が皇帝となって一年が経《た》っていた。

美しい後宮の庭園は、今日も静かだった。

小鳥の囀《さえず》り。風の囁き。

玲秋《れいしゅう》は庭園に置かれた長椅子に座り、春の花を愛《め》でていた。

冬の寒さを乗り越えて、春の温《ぬく》もりは玲秋の心を慰める。

傍《そば》に護衛兵の姿はない。祥媛《しょうえん》が常に傍に仕えていてくれたのだが、今は玲秋が風邪を引かないよう羽織《はおり》を取りに行っている。

花弁がはらりと玲秋の膝に落ちてくる。

辺りを見れば、春咲きの椿《つばき》が満開になっていた。

此処《ここ》はまさしく桃源郷。本来ならば女達の争いが絶えない戦場のような場でさえあるのだが、今は誰一人として競う者が存在しない。

ふと、足音が聞こえてきたので振り返る。

そこには紫釉の姿があった。

漆黒の装束には龍の刺繍《ししゅう》、彼の手には玲秋の羽織があった。

「紫釉様」

少し驚いた顔をして、玲秋は立ち上がり紫釉の元に歩み寄った。

「そこで祥媛に会った。これを」

紫釉は玲秋に羽織を掛ける。ふわりと舞った羽織は玲秋を包み込む。

「春とはいえまだ冷えるからな」

「有難《ありがと》うございます」

礼を告げれば、紫釉は小さく微笑《ほほえ》んだ。

「少し話をしよう」

紫釉に背を優しく支えられながら、先ほどまで玲秋が座っていた長椅子に導かれた。共に腰掛ければ、少しだけ緊張した面持ちで紫釉が見つめてくる。

「どうなさいました？」

「……………朝議で決まったことを伝えに来た」

「……はい」

朗らかな天気とは裏腹に、二人に緊張が走る。が、硬い表情に変わった玲秋を見て紫釉がふっと笑った。

「そうかしこまらないでくれ。余計に緊張する」

「そう仰《おっしゃ》られても」

「わかってる。……後宮を再開することとなった」

玲秋の指先が一瞬にして冷えた。

後宮の復活。

つまり、正式に紫釉の妃《きさき》が後宮に入ることになるのだ。

「……………そうですか」

「ああ。此度《こたび》の件で、皇族の血がいかに絶えかけているか知らされた。皇族の罪は皇族が償うべきで……本来であれば、このような一族、途絶えたとて不思議ではない」

「そのようなこと……！」

思わず反論しようとした玲秋の唇を、紫釉が人差し指で優しく止める。

「分かっている。それでも尚《なお》、汪国の皇帝は私の血族によって育《はぐく》まれていく。誰が治めようと出てくる膿《うみ》だ。それを取り払うか否かが、私の役目なのだろう」

長きに亘《わた》り続いてきた汪国という歴史は、紫釉の先祖によって伝えられてきた。それは神話のような時代から、長く長く伝わる物語のように。

「榮來《えいらい》に次代を継いで貰《もら》うことは変わらない。それは、全ての者に納得させた。私は約束を違《たが》えない。だがそれとは別に、現皇帝の正妃が空席であることは、争いの元ともなるし、後宮を衰退させてしまうことにも繫《つな》がってしまう。それに何より……」

「紫釉様？」

言葉を詰まらせて、視線をどこか迷わせる紫釉の顔は微かに赤かった。

「何より、私がこれ以上耐えられない。玲秋、其方《そなた》を一刻も早く妻に迎えたい」

真剣な眼差《まなざ》しで見つめる紫色の瞳が玲秋を映した。瞳の中の女性は、呆然《ぼうぜん》と紫釉を見上げていた。

「玲秋。私のただ一人の妃……どうか私と夫婦《めおと》になってほしい」

「紫釉様…………っ」

はらはらと、眦《まなじり》から涙が零れ落ちていく。止めどなく流れる涙を優しく指で掬《すく》い取ると、紫釉は優しく玲秋を抱き締めた。

「玲秋を愛している」

「……っはい……私もです……」

ずっと、何年でも待っているつもりだった。

永久に別離した悲しい過去よりも辛《つら》い苦しみなどなく、紫釉と共に在り続けられるなら、それで構わないと。

それでも、妻となる事実が嬉《うれ》しくて、嬉しくて。

これ以上ない幸福に満たされながら、玲秋は紫釉の腕に抱かれていた。

「玲秋。貴女《あなた》と私は比翼の鳥だ。私は其方無くして飛び立つことが出来ない愚かな鳥。どうか、傍にいてくれ」

鳥の囀り。飛び立つ鳥の羽根が舞う。

その羽根に毒は無い。

あるのは、未来へと向かう翼だけだ。

「私の唯一の後宮妃。共に行こう。何処《どこ》までも共に其方を連れていく」

「はい。何処までも共に参ります。どうか私を手放さないで下さい」

「放すものか……放せないよ」

抱き締める腕がいっそう力強さを増した。
折れんばかりに抱き締められて、息苦しいとさえ思えても。
幸福に満ち足りた世界は、優しく二人を包み込んで、溶けそうで。
美しい空から花弁が舞い落ちる。
まるで二人を祝福するように、鳥は歌う。
春が、大地に舞い降りた。

お便りはこちらまで

〒一〇二―八一七七
富士見L文庫編集部　気付
あかこ（様）宛
憂（様）宛

富士見L文庫

後《こう》宮《きゅう》の忘《ぼう》却《きゃく》妃《ひ》 二
―輪《りん》廻《ね》の華《はな》は官女《かんじょ》となりて返《かえ》り咲《ざ》く―

あかこ

2023年12月15日　初版発行

発行者　山下直久
発　行　株式会社 KADOKAWA
〒102-8177　東京都千代田区富士見2-13-3
電話　0570-002-301（ナビダイヤル）

印刷所　株式会社暁印刷
製本所　本間製本株式会社
装丁者　西村弘美

定価はカバーに表示してあります。

◇◇◇

ISBN 978-4-04-075218-1 C0193

後宮妃の管理人

著／しきみ 彰　イラスト／Izumi

後宮を守る相棒は、美しき（女装）夫——？
商家の娘、後宮の闇に挑む！

勅旨により急遽結婚と後宮仕えが決定した大手商家の娘・優蘭。お相手は年下の右丞相で美丈夫とくれば、嫁き遅れとしては申し訳なさしかない。しかし後宮で待ち受けていた美女が一言——「あなたの夫です」って!?

【シリーズ既刊】 1～8巻

富士見L文庫

意地悪な母と姉に売られた私。何故か若頭に溺愛されてます

著／美月りん　イラスト／篁ふみ　キャラクター原案／すずまる

これは家族に売られた私が、
ヤクザの若頭に溺愛されて幸せになるまでの物語

母と姉に虐げられて育った菫は、ある日姉の借金返済の代わりにヤクザに売られてしまう。失意の底に沈む菫に、けれど若頭の桐也は親切に接してくれた。その日から、菫の生活は大きく様変わりしていく――。

【シリーズ既刊】1～3巻

富士見L文庫